JIAN SHEN CAN

健身餐

JIAN SHEN CAN

主编　雷　宇

编者　张　峻　刘济生　汪建平　李凤良

　　　杨春兰　陈永兴　孙红艳　万　嫣

　　　程乃哲　岳建军　刘　兵　杜　芸

　　　朱玉伟　房　萍　李佳宇　朱　博

　　　付胜祥　杨蕴华

上海科学技术文献出版社

图书在版编目（CIP）数据

健身餐/雷宇主编.—上海：上海科学技术文献出版社，
2009.1

ISBN 978-7-5439-3437-5

I.健··· II.雷··· III.保健-食谱 IV.TS972.161

中国版本图书馆CIP数据核字(2007)第195757号

责任编辑：何　蓉
封面设计：汪伟俊

健　身　餐

雷　宇　主编

＊

上海科学技术文献出版社出版发行
（上海市长乐路746号　邮政编码200040）
全 国 新 华 书 店 经 销
江苏常熟市人民印刷厂印刷

＊

开本890X1240　1/32　印张5.5　字数128 000
2009年1月第1版　2009年1月第1次印刷
印数：1-6 000
ISBN 978-7-5439-3437-5
定价：12.00元
http://www.sstlp.com

目　　录

春季健身餐

夏季健身餐

秋季健身餐

冬季健身餐

春季健身餐

春回大地，万物复苏，大自然为人类提供了品种繁多的烹饪原料。人体的内环境开始由冬季向春季转化，人体之阳气亦随之升发，此时应养阳。在饮食上要选择一些平补阳气的食品。《摄生消息论》中指出："当春之时，食味宜咸宜甘，以养脾气。饮酒不可多，米面团饼，不可多食，致伤脾胃，难以消化。"唐代孙思邈在《千金要方》中提出了"春七十二日宜省酸增甘，以养脾气"的原则，应时蔬菜、瘦肉、鱼、豆类及豆制品等均为必需的食品。因春季多雨、多风、多寒、多湿，饮食应以辛甘、清淡为主，辛温祛寒，甘能健脾，清淡可利湿，使得人体能抗拒风寒、风湿之邪的侵袭，健脾益气，减少生病。而生冷之物则应少食，以免伤害脾胃。还要防止"肝旺伤脾"，这样在春天应该适当多吃些甜味食物，少吃酸味食物。春季因多食酸可引起胃酸分泌障碍，影响消化吸收；应少食酸涩、油腻之物，以增加脾胃功能。春季也是肝气旺而多病季节，宜适当食猪肝、羊肝、鸡肝等动物肝脏予以补养。

春季菜肴以辛温清淡为宜，中晚餐以一荤三素为宜，汤不宜厚味，宜清淡。食汤、菜要有利于益气健身，有利于渗湿健脾，有利于祛寒祛热。荤菜以补益为主，猪精肉、牛肉、鸡肉、鸽肉、鱼肉均可，但不能日日专吃一样，应交替食用，一日可用一种，或搭配食用，量宜适中，过则为患。做荤菜应放生姜、橘皮等调料。

春季正是由寒转暖的时候，此时阳气升发，气候温暖多风，人体气血趋向于表,聚集一冬的内热散发出来,在春季膳食调配上,应多用一些时鲜蔬菜。叶菜类蔬菜是供给人体膳食中胡萝卜素、维生素 B_2、维生素 C 的重要来源,并有较多的叶酸和胆碱,春季可多吃些各种绿色菜,如青菜、菠菜、芹菜、白菜、葱、春笋等。根茎类蔬菜可多吃些胡萝卜、莴苣、萝卜等,它们含有维生素 C 和能降压的琥珀酸钾盐,所有根茎类作物也都含有钙、磷等矿物质。春季做汤,应以胡萝卜、白萝卜、冬瓜、海带、番茄、春笋、香菇等为主料,配以少量的猪肉丝、猪肝。

营养学家认为,在春天需要进补调理的有以下 6 种人:①中老年人有早衰现象者。②患有各种慢性疾病而身体虚弱者。③腰酸眩晕、脸色萎黄、精神萎靡者。④春天有时较冷,受冷后容易反复感冒者。⑤过去在春天有哮喘发作史而现在尚未发作者。⑥到黄霉天容易疰夏,或到夏天有夏季低热者。利用春季气候良好的条件,根据体质虚弱情况适当用食物进补,往往能起到防病治病的效果。需要提醒的是,春季如果选用温性食物进补,往往会出现助阳升火的弊病。

入春后气温回升,气候变化较大,细菌、病毒大量繁殖,是感冒、肺炎以及各种传染病多发的季节,要根据气候变化增减衣服,以预防感冒。还要摄入足够的水果、蔬菜,以获得足够的维生素,如多吃青菜、菜花、胡萝卜、苋菜、番茄、青椒、柑橘、柠檬、芝麻等物。这些食物能提高人体的免疫功能,增强机体的抗病能力,从而抵抗各种致病因素的侵袭。

春季容易出现头晕、头痛、失眠的现象。常常食用梨、香蕉、橘子、绿豆、花生、芹菜,就可预防上述症状的产生,对防治高血压也有益处。患有糖尿病、心血管疾病,或大病恢复期,要选用清凉、新鲜的食物,如梨、莲藕、苋菜、甲鱼、百合、螺蛳、青菜,忌食油腻、煎

炸、甜黏等不宜消化的食物,防止食积胃肠。

慢性气管炎在春季也容易发作,要多食枇杷、橘子、莲子、百合、核桃、蜂蜜、大枣、梨等健脾益肾、养肺祛痰的食物,有助于减轻症状;饮食宜清淡,忌食辣椒、胡椒等刺激性食物,油腻、海味、过甜、过咸的食物也要少吃,以避免刺激呼吸道,加重病情。

溃疡病也易在春季发作,饮食调养可用开水冲服蜂蜜,饭前空腹服用。少吃动物内脏、肉汤、豆类、菠菜及刺激性调味品等,避免消化液分泌过多,而加重病情。

春季饮食宜清淡,且应注意补充因冬季新鲜蔬菜不足而导致的维生素相对较少的状况。因此,春季应多吃茭白、莴苣、茼蒿、菠菜、青菜、苋菜、芹菜、荠菜、四季豆、香椿等新鲜时令蔬菜,少吃肥肉等高脂肪食物。春季的应时水产品颇多,刀鱼、鲥鱼、鳜鱼、鳕鱼、甲鱼、河蚌均十分鲜美,由于此时的水产品大多尚未产卵,口味及营养价值均优于其他季节,为春季美食的好原料

韭菜拌蛋丝

【原料】嫩韭菜150克,鸡蛋2只,麻油40克,精盐、味精、白糖各适量。

【制作】将嫩韭菜整理干净,放入沸水锅中烫熟捞出,滗去水,切成约3厘米长的段,放入精盐适量拌匀,再滗去精盐水,放在盘中。鸡蛋磕入碗中,加入精盐适量搅匀。炒锅上火,放少许麻油滑锅,倒入蛋液摊成蛋皮,取出,切成丝,放在韭菜上,加味精、白糖、麻油拌匀即成。

【功用】健脾温中,活血散瘀。

【提示】①韭菜不宜过食，以免上火。②胃虚有热、阴虚火旺者忌食，胃病及大便稀溏者慎食。③韭菜适宜春季食用，夏韭纤维多，不易被消化吸收，易引起胃肠不适。④隔夜韭菜不宜食用。

莴苣拌豆腐

【原料】 豆腐250克，莴苣200克，熟火腿30克，葱、精盐、白糖、酱油、醋、麻油、味精各适量。

【制作】 将莴苣去皮，同豆腐、火腿一起均切成1厘米左右见方的丁。豆腐切好后入开水锅中烫一下捞出。葱切末备用。莴苣丁用精盐腌一会儿，然后去掉水分。将豆腐丁、莴苣丁、火腿丁放在一起，葱花撒在上面，再放精盐、白糖、味精、酱油、醋、麻油，拌匀即成。

【功用】 益气利尿，降压补钾。

【提示】①此菜特点为红白绿色，鲜嫩爽口。②吃豆腐对大多数人来说是有益的，但因豆腐中含嘌呤较多，所以，嘌呤代谢失常的痛风病人，血尿酸浓度增高的患者应慎食豆腐。③在服用四环素类药物时，也不宜吃豆腐，因为用石膏做的豆腐中含有较多的钙，用盐卤做的豆腐中含有较多的镁，四环素与豆腐同服会发生络合反应，生成金属络合物，从而影响四环素在体内的吸收，使四环素类药物杀菌效果降低。

香椿芽拌豆腐

【原料】 嫩豆腐400克，香椿芽50克，精盐3克，味精2克，鲜

汤 30 克,麻油适量。

【制作】将豆腐放入碗中,隔水蒸炖半小时,切成 1~2 厘米的丁块放入盘中。香椿嫩芽洗净后用沸水焯一下,再用凉水过凉,控干后切成细末,放在豆腐上。取精盐、味精、鲜汤、麻油放入碗中,调匀制成调味汁,浇在豆腐上即成。

【功用】清热生津,润肤明目,益气健脾。

【提示】①此菜特点为红绿相间,鲜嫩清香。②香椿芽宜在谷雨前采摘食用,晚则质老。③民间认为香椿芽为大发之物,故有慢性皮肤病、淋巴结核、恶性肿瘤者忌食。

香干拌马兰

【原料】马兰头 500 克,香干 4 块,麻油 20 克,白糖 10 克,精盐 3 克,生姜末 5 克,味精适量。

【制作】将香干用开水泡一下,切成薄片再切成碎末。将马兰头去杂洗净,放入开水锅中焯至断生,捞出沥水,再用刀将其切成碎末拌散。将香干末、马兰头末放入碗内,加入精盐、白糖、味精、生姜末、麻油拌匀,装盘即成。

【功用】清热解毒,凉血止血。

【提示】①此菜特点为色泽碧绿,清香爽口。②马兰头是春季佳蔬,因其性凉,凡脾胃虚寒、腹泻者忌食。

鲜笋拌肉片

【原料】带皮肋条猪肉 500 克,净春笋 150 克,酱油 50 克,麻油 10 克,味精 1 克,香醋 15 克,精盐 3 克,生姜 1 片,葱 1 根,黄酒 10 克,鲜汤 1 000 克。

【制作】将肋条肉放入沸水中烫去血沫,捞出洗净,放入大沙锅内,加鲜汤、生姜、葱、黄酒,上火煮至八成熟捞出,去皮冷却,切成 6 厘米长、3 厘米宽、2 毫米厚的薄片。将笋加入锅内煮熟捞出,切成 3 厘米长、1 厘米宽的薄片。用酱油、醋、味精、精盐调成卤汁放于碗内,待用。将笋片用沸鲜汤烫 3 分钟捞出沥去汤水,再将肉片倒入浸烫 1 分钟捞出,倒入卤汁内,乘热拌匀。装盘时先用笋片垫底,后将肉片放在上面,加入麻油,连碗内卤汁一同倒下即成。

【功用】滋阴养胃,美容减肥。

【提示】①此菜特点为笋脆肉鲜,食之爽口,肥而不腻。②竹笋属寒凉之品,脾虚便溏及消化道溃疡者忌食。③竹笋中含有较多的草酸钙,故肾炎、尿路结石病人不宜食用。④儿童处于生长期,如果缺钙,会造成骨骼畸形,而竹笋中的草酸易与钙结合形成难溶性的草酸钙,因而妨碍人体对钙的吸收利用,因此,儿童不宜多吃竹笋。

炝青螺

【原料】青螺肉 300 克,熟春笋 100 克,青蒜 50 克,生姜末、酱油、味精、醋、白糖、胡椒粉、麻油各适量。

【制作】将青螺肉去肠杂,洗净沥干。将熟春笋、青蒜切成小于青螺肉的小丁,再将青螺肉、春笋丁、青蒜丁分别下沸水锅烫制,沥干后放盘中。取小碗 1 只,放入生姜末、酱油、味精、醋、白糖、胡椒粉、麻油,调匀制成调味汁。将调味汁浇在青螺肉、春笋丁和青

蒜上,拌匀即成。

　　【功用】清热利湿,通便解毒。

　　【提示】①此菜特点为清香味美。②青螺肉若初加工方法不当,成菜螺肉则腥味较重,难以下咽。一般螺蛳买回后,要先用清水养几天,最好在清水内加少量食盐,使其吐尽泥沙。若要取肉,则用刀背轻轻磕破壳,取肉,除去肠杂后,用清水冲洗一次,然后放入碗内加精盐搓洗,去除腥味,再加面粉搓揉,以去其黏液,最后用清水反复洗净即成。③脾虚久泄、大便稀溏、胃寒疼痛、久溃痈疮不敛者不宜食用。

翡翠火腿

　　【原料】熟火腿200克(肥瘦各半),熟青豆100克,虾仁100克,鸡蛋3个,面粉50克,菠菜250克,白芝麻50克,干淀粉10克,白糖25克,番茄酱25克,植物油250克(实耗约30克)。

　　【制作】将熟青豆去皮,制成豆泥,放入碗内。将菠菜洗净用沸水略烫捞出,用纱布包起,将绿汁挤出,放于青豆泥内。将虾仁斩茸,加鸡蛋清、白糖、干淀粉,与青豆泥拌匀,分成16份。将火腿切成薄片(32片),里面扑上一层面粉。将混合虾茸豆泥逐份涂于火腿片上,上面覆盖一片火腿夹起,涂上蛋清,蘸上芝麻待炸。炒锅上火,放油烧至五成热,将火腿下锅炸至芝麻味香,用漏勺捞起装盘,盘边放番茄酱蘸食。

　　【功用】健脾开胃,生津养血。

　　【提示】①此菜特点为红绿相映,夹心似翡翠,咸中带甜,香酥鲜嫩。②火腿制作过程中要加硝酸盐和亚硝酸盐,其目的一方面是为了防腐,抑制微生物的生长繁殖,另一方面也可增加色泽,使之美观。如果长期大量食用含硝酸盐和亚硝酸盐的食物对身体是有害的。食用火腿时应多食含维生素 C 丰富的食物,如油菜、小白菜、菠菜、橘子、鲜枣等。

脆皮鹌鹑

【原料】鹌鹑 6 只,淀粉 30 克,香菜 10 克,酱油 25 克,鲜葱 50 克,胡椒粉 1 克,鲜生姜 50 克,鲜辣油 15 克,大蒜 25 克,芥末 3 克,麻油 25 克,花椒水 50 克,味精 0.5 克,植物油 750 克(实耗约 50 克),蔬菜花、精盐各适量。

【制作】将净鹌鹑从背部割开取出内脏,除尽腔内污血和肺叶,洗净后用尖竹针将鹌鹑胸内扎若干孔,但不能将鹌鹑皮扎破。装盆后放酱油、精盐、胡椒粉、花椒粉、花椒水、葱段和拍松的生姜块,稍加拌揉,腌渍半小时。将大蒜剥皮剁成细末装碗,加麻油、生姜末、酱油、芥末、味精,调匀备用。将煨制的鹌鹑用铁钩吊起挂竹竿上晾制。淀粉装碗,加入温水约 150 克调匀,浇于鹌鹑皮上,每隔 3 分钟冲浇 1 次,约浇 3 次鹌鹑体表即能呈现一层微薄的粉霜。炒锅上旺火,放油烧至七成热,鹌鹑用漏勺托着,速用手勺往鹌鹑腔里连续浇油,见鹌鹑九成熟时,放入八成热油锅里炸鹌鹑表皮,见鹌鹑表皮呈脆状时,捞出切成块,放入盘内呈鹌鹑形,再配上绿色香菜叶和蔬菜花点缀。另用小碗装辣椒油、蒜芥卤配鹌鹑块上桌蘸食即成。

【功用】补中益气,滋养五脏。

【提示】①此菜特点为色泽樱红,油亮咸辣,皮脆肉嫩。②古

人认为,鹌鹑忌与猪肝及菌类食物同食。

熘三样

【原料】猪肝 50 克,猪腰子 50 克,熟肚子 50 克,水发黑木耳 25 克,青菜 25 克,植物油 250 克(实耗约 50 克),酱油 20 克,黄酒 8 克,醋 2 克,精盐 2 克,味精 1 克,生姜汁 1 克,湿淀粉 12 克,蒜茸 2 克,葱花 2 克,鲜汤适量。

【制作】将猪肝切成柳叶片,猪腰子去外皮、腰臊,切成穗花刀,熟肚子切成抹刀块。水发黑木耳择洗干净,青菜洗净,切成片,再用开水焯一下。用黑木耳、青菜、葱花、蒜茸、酱油、黄酒、味精、精盐、醋、生姜汁、湿淀粉、鲜汤,兑成芡汁。炒锅上火,放油烧至七成热,先将三样在热水中烫一下,控干水分,下油锅内过一过,熟透后倒在漏勺里控油。炒锅复上旺火,留适量底油,将三样下锅,随即将芡汁烹入,搅拌均匀,淋上适量明油即成。

【功用】补益肝脾,补肾养血。

【提示】①此菜特点为鲜嫩滑润,味香爽口。②此菜应用旺火速成,猪腰子需要先剞上花刀。③高脂血症患者忌食。

糖醋熘青鱼

【原料】青鱼 1 尾(重约 800 克),白糖 30 克,香葱 5 克,生姜末 5 克,精盐 3 克,黄酒 25 克,麻油 10 克,湿淀粉 15 克,胡椒粉 1 克,米醋 30 克。

【制作】将青鱼剖杀去鳃、鳞和内脏,洗净后直剖两半,鱼头也剖开,滤干。汤锅上火,加水三大碗,旺火烧开后将青鱼放入,鱼背朝上,腹腔面朝下,加锅盖,烧开5分钟后加入黄酒和精盐,再改用小火烧约10分钟,见鱼的眼睛突出,即熟,捞出滤干水分,放入长盆中。原锅鱼汤留半碗,加白糖、米醋、生姜末、黄酒、酱油,中火烧开后,放入香葱和湿淀粉,搅拌均匀,烧成芡汁,浇在鱼身、腹、背、头上,最后淋上麻油即成。

【功用】养肝明目,补气养胃。

【提示】①此菜特点为酸甜适中,鱼肉鲜嫩。②青鱼甘平补虚,诸无所忌。

腐乳爆肉

【原料】猪里脊肉300克,红腐乳30克,鸡蛋1个,黄酒30克,白糖10克,湿淀粉10克,猪鲜汤150克,植物油500克(实耗约50克)。

【制作】将腐乳用刀抹成泥,放在碗里,加入黄酒、白糖、湿淀粉和猪鲜汤调匀。将猪里脊肉片成长4厘米、宽2.5厘米、厚3毫米的片,放在碗里,加鸡蛋清拌匀。将炒锅放在旺火上烧热,放油烧至六成热,下肉片划散开,见肉片变色即倒入漏勺中沥油。在原油锅里放入调好的腐乳汁,见汤汁微沸浓稠时,即把肉片下锅,迅速翻炒几下,然后将锅颠翻两下,淋上熟油,起锅即成。

【功用】补中益气,滋阴养颜。

【提示】①此菜特点为色泽红艳,香气浓郁,肉嫩带甜。②此

菜是皖南山区的特殊风味,以红色腐乳为主要调料制成酱汁。

酱爆肉丁

【原料】猪里脊肉 400 克,青蒜段、植物油、精盐、黄酒、白糖、生姜汁、鸡蛋清、湿淀粉、麻油、味精、黄酱、糖色各适量。

【制作】将里脊肉切成丁,用鸡蛋清、精盐、湿淀粉抓匀浆好。炒锅上火,放油烧至六成热,把浆好的肉丁放入油内,拨散、滑透,捞出控净油分。原锅除宽油,留底油烧热,放入黄酱略炒,加入白糖炒散,烹入黄酒,加入生姜汁、味精、糖色,待黄酱炒黏,把滑好的肉丁放入锅内,颠翻几下,使酱汁均匀裹住肉丁,淋入麻油,撒入青蒜段盛入盘中即成。

【功用】滋阴养颜,补中益气。

【提示】①此菜特点为色泽枣红,酱味浓香,肉嫩甜咸。②掌握好火候,炒出酱香,卤汁紧包,颜色明亮,食后盘底不能见酱汁。

韭菜炒绿豆芽

【原料】韭菜 150 克,绿豆芽 400 克,精盐 3 克,味精 1 克,植物油 50 克,生姜适量。

【制作】将韭菜摘洗干净,切成约 3 厘米长的段。绿豆芽摘去根须,洗净沥干水。姜去皮洗净切成丝备用。炒锅上火,放油 30 克,油热后,用姜丝炝锅,倒入绿豆芽翻炒至断生,加少许精盐,翻锅即盛起。炒锅复上火,放油 20 克,待油烧至七成热,用精盐炝锅,立即倒入韭菜急炒几下,再倒入绿豆芽,加味精,迅速翻炒几下,出锅装盘即成。

【功用】散瘀解毒,调和脏腑,温肾健脾。

【提示】①此菜特点为韭香芽脆,清淡爽口。②韭菜不宜过食,以免上火,阴虚者忌服。

糖醋卷心菜

【原料】嫩卷心菜300克,米醋10克,酱油5克,植物油20克,白糖25克,葱花、生姜末、蒜茸、湿淀粉各适量。

【制作】将卷心菜洗净,切成菱形片。取小碗1只,加入白糖、米醋、酱油、湿淀粉兑成汁水。炒锅上旺火,放油烧热,加入葱、生姜、蒜炝锅,再放入卷心菜翻炒,至原料断生,随即倒入兑好的汁水,迅速翻炒拌匀,至汁浓裹在菜上,盛入盘中即成。

【功用】解毒和胃,散结消积。

【提示】①此菜特点为酸甜爽口,脆嫩清鲜。②芡汁要先行兑好,以利快速成菜。

莴苣炒木耳肉片

【原料】莴苣400克,水发黑木耳15克,瘦肉片100克,麻油20克,精盐3克,味精2克,黄酒4克,湿淀粉20克,鲜汤150克,植物油250克(实耗约20克),葱花5克,生姜末3克。

【制作】将莴苣去皮洗净,顺长剖成两半,切成象眼片,用开

水烫一下,过凉水控干水分。黑木耳放入碗中,加清水泡发,拣洗干净,撕成小片。肉片放入盆内,加入湿淀粉 10 克、精盐 1 克上浆。炒锅上中火,放油烧至五成热,下浆好的肉片滑开,倒出沥油。将麻油放入锅内,下葱花、生姜末炝锅,投入莴苣、黑木耳翻炒几下,加入鲜汤、精盐、黄酒,待开时加入肉片、味精,用湿淀粉勾芡即成。

【功用】清热利尿,减肥健美。

【提示】①此菜特点为色泽美观,脆嫩可口。②黑木耳要发透,择洗干净。③大便稀溏者忌食。

蚝油炒三菇

【原料】平菇 200 克,水发香菇 150 克,慈姑 100 克,青蒜 50克,植物油 30 克,精盐 2 克,白糖 0.5 克,味精 1 克,蚝油 25 克,鲜汤 50 克,湿淀粉 5 克,麻油 5 克。

【制作】将平菇去蒂去杂质,洗净入沸水锅中焯水,并迅速捞出用清水冷却,沥干水分,切成片。水发香菇去蒂去杂质,洗净切成片。慈姑洗净切成片。青蒜切成 3 厘米长的段。炒锅上旺火,放油烧热,投入青蒜段、慈姑片稍加煸炒,放入平菇、香菇炒匀,再加精盐、白糖、味精、蚝油、鲜汤,炒至入味,用湿淀粉勾芡,淋上麻油,起锅装盘即成。

【功用】温中健脾,防癌抗癌。

【提示】①此菜特点为清淡可口,益气养血。②食用野生平菇、香菇时应注意与有毒品种鉴别,切勿误食。

蘑菇炒鸡杂

【原料】鲜蘑菇 200 克,鸡肝 100 克,鸡心 100 克,鸡肫 100 克,青蒜 50 克,植物油 500 克(实耗约 50 克),黄酒、酱油、玉米粉、精盐、味精、米醋、湿淀粉、麻油、鲜汤、葱、生姜、胡椒粉各适量。

【制作】将蘑菇去蒂,洗净,切成薄片,用开水焯透,沥干待用。鸡心洗净,切去根部的血管,切成片。鸡肝洗净,去苦胆和筋膜,切成片。鸡肫去筋皮,洗净,切成片。青蒜洗净后切成段。鸡肝、鸡肫、鸡心共入碗内,加黄酒、精盐稍腌,用玉米粉拌匀。青蒜段、葱段、生姜片放在碗内,加入黄酒、精盐、酱油、味精、白糖、胡椒粉、鲜汤和湿淀粉调匀成芡汁。炒锅上火,放油烧至五成热,加入浆好的鸡肝片、鸡肫片、鸡心片,拨散、滑透,倒入漏勺中,沥去油。锅内留底油适量,烧热后倒入蘑菇片、鸡肫片、鸡肝片、鸡心片,翻炒几下,烹入兑好的芡汁,颠翻几下,淋入米醋和麻油,装入盘中即成。

【功用】健脾开胃,养心补肝。

【提示】①此菜特点为鲜美可口。②蘑菇洗净后不能在水中浸泡过久,以保持蘑菇的鲜味。

草菇豆腐虾仁

【原料】鲜草菇 100 克,豆腐 250 克,虾仁 25 克,植物油 30 克,葱白、生姜末、辣油、酱油、精盐、鲜汤、黄酒、湿淀粉各适量。

【制作】将草菇去根蒂,用清水洗净,入沸水中焯一下捞出,沥干水。葱白洗干净后切成斜段呈马蹄形。虾仁洗净备用。炒锅上旺火,放油烧热,下生姜末、葱、虾仁炸香,烹黄酒,下草菇炒片刻,放入豆腐块,加酱油、精盐、白糖、鲜汤烧入味,放辣油,用湿淀粉勾芡,出锅装盘即成。

【功用】补虚益气,强肾壮阳。

【提示】①此菜特点为味淡鲜嫩。②草菇性凉,脾胃虚寒者不宜多食。③购买草菇以色泽明亮、味道清香、菌体肥白、朵型完整、不开伞、无毒变和无泥土杂质者为佳。

芦笋炒肉片

【原料】芦笋100克,猪后腿肉200克,荸荠30克,鸡蛋1个,黄酒、精盐、味精、鲜汤、淀粉、面粉、白糖、植物油各适量。

【制作】将芦笋洗净切成片。荸荠去皮洗净切成片。猪肉洗净切成3厘米长、1厘米宽的薄片。鸡蛋清与黄酒、淀粉调成糊,再加入面粉和匀。炒锅上火,放油烧至五成热,肉片蘸糊放入锅中炸制。待肉片胀起,呈黄白色时起锅滤油。锅至火上,加水适量,放入白糖,用勺炒搅,待糖汁浓时放入芦笋和热油适量,用手勺搅匀,随即将荸荠片和肉片下锅多翻几次,出锅装盘即成。

【功用】补虚健身,防癌抗癌。

【提示】①此菜特点为鲜脆爽口。②患有痛风及糖尿病者不宜多食。

西兰花炒腰花

【原料】新鲜猪腰400克,西兰花100克,精盐3克,味精2

克,胡椒粉 2 克,黄酒 8 克,葱花、生姜末 10 克,酱油 2 克,麻油 5 克,植物油 250 克(实耗约 30 克),湿淀粉 10 克。

【制作】将猪腰洗净片去腰臊,剞麦穗花刀,加黄酒、精盐、湿淀粉上浆。西兰花用开水焯透捞起,整齐地摆放在盘的一头。取碗 1 只,放入精盐、味精、胡椒粉、黄酒、酱油、麻油、湿淀粉,兑成汁芡。炒锅上火,烧热凉油滑锅,放油烧至六成热,倒入腰花滑熟,倒出沥油。炒锅留底油,下葱花、生姜末炸香,倒入腰花、兑汁颠翻炒匀起锅,装在盘子另一边即成。

【功用】补肾强腰,益精助阳,利水消肿。

【提示】①此菜特点为刀工精细,腰花脆嫩,咸鲜适宜。②加工猪腰时要去尽腰臊,剞刀的刀距深浅及成条要均匀。

荠菜炒鸡片

【原料】鸡脯肉 350 克,荠菜 50 克,竹笋 100 克,鸡蛋 1 个,精盐 3 克,味精 2 克,麻油 5 克,白糖 2 克,黄酒 10 克,鲜汤 50 克,干淀粉 15 克,植物油 50 克。

【制作】将鸡脯肉切成 5 厘米长的薄片,放入碗中,加入鸡蛋清、精盐、味精、干淀粉拌和上浆。竹笋切去老根,削去根头、老皮,下沸水锅焯熟捞出,切成 3 厘米长的片。荠菜剪去根,拣去老叶洗净,放入沸水锅中焯一下捞起,放入冷水中泡冷后捞出,挤干水分,斩成碎末,待用。炒锅上火,放油烧至五成热,将鸡片放入锅中,用铲刀划散至熟后,连油倒入漏勺中,沥油。锅中留余油,放入笋片、荠菜末略煸一下,烹黄酒,加入鲜汤、精盐、白糖、味精炒匀,立即将鸡片投入炒匀,待烧沸后,下湿淀粉勾芡摊匀,浇上麻油,翻炒均

匀,盛起装盆即成。

【功用】平肝开胃,补虚强身。

【提示】①此菜特点为色白映绿,香鲜脆嫩。②荠菜焯水时间不宜长,要保持其脆嫩质感。

鲜菇炒鱼片

【原料】草鱼肉 120 克,鲜草菇 200 克,生姜 3 克,植物油、淀粉、精盐、味精各适量。

【制作】将鲜草菇放入盐水中浸泡半小时,去污泥,用清水洗干净,放入开水中烫一下,再次过凉水,捞出,滤去水分。将鱼肉用清水洗净,切成片,加精盐、味精、植物油、淀粉拌匀,腌制。将生姜去皮,洗净,切成丝。炒锅上火,放油烧热,下生姜丝、草菇入锅翻炒,加入少许精盐、味精调味,再下鱼片,用旺火炒至鱼刚好熟透,下湿淀粉炒匀即成。

【功用】补益脾胃,清热除烦。

【提示】①此菜特点为鱼鲜菇嫩。②鱼片要切得厚薄一致,炒制时要旺火热油,快速成菜。

韭黄炒虾肝

【原料】虾仁 100 克,鸡心肝 200 克,韭黄 75 克,净荸荠 50克,精盐 0.5 克,味精 1 克,白糖 1.5 克,黄酒 10 克,酱油 10 克,湿淀粉 4 克,植物油 500 克(实耗约 50 克)。

【制作】将虾仁、鸡心肝、韭黄、荸荠分别洗净沥干。将虾仁洗净沥干放碗内,加精盐、湿淀粉抓拌均匀。将鸡肝的血筋及胆囊剔尽,片成薄片;再将鸡心根管去除、剖开、片成薄片同放盘内。将荸荠平放砧板上,切成厚薄片。韭黄切成约2厘米长的段同放鸡肝盘内。炒锅上火,放油烧至六成热,将虾仁放锅内过油。呈现白色时捞起,再将鸡心肝放锅内过油,呈青紫色时将荸荠倒入,推动手勺,倒入漏勺沥油。炒锅复上火,将韭黄倒入略炒,再放入鸡心肝、荸荠,推动手勺翻匀,加黄酒、酱油、白糖、味精,晃动炒锅,用湿淀粉勾芡,颠动炒锅,淋上熟油,起锅装盘。炒锅刷净,置炉火上,放油5克,将虾仁倒入略炒,烹上黄酒,起锅倒在鸡肝上即成。

【功用】补血养肝,益肾填精。

【提示】①此菜特点为虾仁洁白,肝嫩荸脆,韭黄味香。②河虾要新鲜。

干煎黄花鱼

【原料】黄花鱼2尾(重约500克),香菜10克,植物油、精盐、味精、黄酒、胡椒粉、鸡蛋液、面粉、葱姜汁各适量。

【制作】将鱼去鳞、去鳃,用筷子从嘴部搅出内脏,洗涤整理干净,在鱼身两侧剞花刀,用精盐、味精、黄酒、胡椒粉、葱姜汁腌制入味。将腌好的鱼两面拍匀面粉,拖匀鸡蛋液,下烧至四成热的油锅中,煎至两面均呈金黄色,控净油分出锅装盘。撒上香菜末上桌即成。

【功用】补虚益精,调中止痢。

【提示】①此菜特点为干香鲜嫩,色泽金黄。②小黄花鱼初

加工除内脏时不要开膛,以保持形体的完整。剞兰草花刀要美观均匀。③煎制时要掌握好火候、油温和油量,应用小火、温油,先煎一面,然后再煎另一面,两面的颜色要一致。

五香鲤鱼

【原料】鲤鱼2 000克,鸡汤1 000克,植物油、葱段、生姜块(拍松)、米醋、酱油、五香粉、黄酒、味精、白糖、精盐、花椒各适量。

【制作】将鱼刮去鳞,除鳃开膛取出五脏,由脊背入刀把鱼劈成两半,剔去鱼大骨,切成瓦块形,用精盐、花椒、黄酒、葱段、生姜块腌5小时。炒锅上火,放油烧至七成热,把鱼块放入油内,炸至呈橘红色,捞出控油。再起锅放入花生油烧热,投入葱、姜煸炒至呈金黄色时,加入鸡汤、酱油、黄酒、味精、白糖和米醋,把炸好的鱼放入场内,旺火烧沸后,转用微火煮40分钟,将鱼盛入盘中,原汁中加入五香粉,待汤煮浓后,淋入麻油浇在鱼上,晾凉即成。

【功用】利水消肿,下气通乳。

【提示】①此菜特点为鱼色橘红,五香味浓。②鱼肉要腌入味。③炸、煮要注意掌握火候,保证色、味俱佳。

罗汉肚

【原料】猪肚1只,肥瘦猪肉500克,肘头500克,猪肉皮250克,水发口蘑、罐头冬笋、鸡汤、葱、生姜、精盐、白糖、黄酒、酱油、花椒、米醋、桂皮、五香粉、大茴香各适量。

【制作】将猪肚除去油脂,用精盐和醋搓揉肚上黏液,搓揉净后控去水分;把肘头和肉皮上的毛刮净,放入开水锅中烫透,捞出洗净。把洗净的猪肚用精盐、葱段、姜片和花椒拌匀腌好。炒锅上旺火,放入鸡汤,加入葱段、生姜片、大茴香、桂皮、黄酒、白糖和精盐,调好口味。把猪肉、肘头和肉皮放入汤内,烧开后撇去浮沫,转用小火炖2小时,捞出肉、肘头和肉皮晾凉,将肉切成片;肉皮切成丝;肘头切成厚片。将口蘑片、冬笋片、猪肉片、肘头片和肉皮丝放在盆内,加入生姜末、味精和五香粉拌匀,装入猪肚内,用竹签别好或用线缝好肚口,放入开水中烫一下,刮洗除去黏液。在原煮锅内加入清水,调好味,把装好料的肚子放锅内,用小火煮2小时,捞出后把煮熟的猪肚压扁,晾凉后拆下竹签或线,食用时切片装入盘中即成。

【功用】健脾养胃,强筋壮骨。

【提示】①此菜特点为味香可口。②煮肚时应用竹签扎小眼放气,防煮破。

海米卷心菜

【原料】卷心菜500克,海米25克,葱花10克,生姜丝10克,精盐3克,味精2克,白糖10克,酱油10克,黄酒5克,鲜汤40克,湿淀粉10克,麻油10克,植物油30克。

【制作】将卷心菜洗净切成片,放入沸水锅中稍焯,捞出沥水。海米用清水泡发。炒锅上火,放油烧至七成热,下葱、生姜稍煸,再放入海米、卷心菜稍炒,加入黄酒、酱油、鲜汤、精盐、白糖,炒至汤汁将尽时,加味精,并用湿淀粉勾芡,淋上麻油,出锅装盘即成。

【功用】健脾和胃,补肾壮阳。

【提示】①此菜特点为酥烂鲜香,碧绿红亮。②海米泡软后应用清水漂洗,以除去杂质及咸味。

虾子茭白

【原料】虾子 25 克,茭白 250 克,植物油 500 克(实耗约 50 克),黄酒 10 克,酱油 5 克,蚝油 5 克,味精 2 克,鲜汤 350 克,精盐 1 克,湿淀粉 10 克,麻油 1 克,胡椒粉适量。

【制作】将茭白切成长、宽、厚为 6 厘米、4 厘米、3 厘米的长方形厚片,放入油锅内炸至深黄色,捞出。炒锅上火烧热,放入鲜汤 400 克,精盐 1 克,汤开后倒入炸过的茭白,煮入味后捞出,控去汤。炒锅复上火,放油烧热,烹入黄酒、鲜汤,先放入虾子,再放入茭白、蚝油、酱油、精盐、味精、胡椒粉、麻油等,加盖烧约 8 分钟,用湿淀粉勾芡即成。

【功用】强身健体,增强记忆,清热降压,利气宽胸。

【提示】①此菜特点为色泽金黄,茭白柔嫩,虾子鲜美,鲜香不腻。②虾子要洗净。

草鱼豆腐

【原料】草鱼净肉 100 克,豆腐 100 克,竹笋 10 克,青蒜 10 克,植物油、酱油、黄酒、精盐、味精、葱、生姜、鲜汤各适量。

【制作】将草鱼肉洗净,顺长剖开,切成 1 厘米见方的丁。豆腐亦切成同样大小的丁。笋切 0.3 厘米厚的小方片。炒锅上旺火,放油,烧至八成热,将鱼丁煎黄,烹入黄酒,加盖略焖,加入葱、生姜、酱油、精盐,烧上色后,倒入鲜汤烧开,加盖转小火炖 3 分钟,下入豆腐、笋片,再焖 3 分钟,转旺火烧稠汤汁,加入味精,撒上青蒜,盛入盘内即成。

【功用】暖胃补虚,健脑益智。

【提示】①此菜特点为鱼肉鲜嫩,豆腐爽滑,汤汁鲜美。②草鱼肉要新鲜。

蘑菇笋尖豆腐

【原料】鲜蘑菇 150 克,笋尖 100 克,豆腐 100 克,鲜汤 250 克,植物油、麻油、葱花、精盐、味精、酱油、白糖、湿淀粉各适量。

【制作】将蘑菇洗净,去根,入沸水中焯一会捞出,切成厚片。笋尖洗净后切成薄片。豆腐切成小方块,入沸水锅中煮去涩味后,捞出控干水。炒锅上旺火,放油烧热,下葱花煸香,放蘑菇片、笋片、鲜汤烧沸,放入豆腐块、精盐、酱油、白糖烧沸至入味,加味精,用湿淀粉勾芡,淋上麻油即成。

【功用】通利肠胃,补气益血,防癌抗癌。

【提示】①此菜特点为味鲜质嫩,清淡适口。②古人认为,蘑菇能动气发病,故不可过多食用。

竹荪烧三球

【原料】干竹荪 50 克,胡萝卜 100 克,白萝卜 100 克,莴苣

100 克,干贝 25 克,生姜 1 片,葱头 10 克,精盐、胡椒粉、黄酒、湿淀粉、味精、麻油各适量。

【制作】将竹荪用清水泡涨洗净,顺长剖开,改刀成马眼片,入沸水锅中焯透捞出,沥干水。莴苣、胡萝卜、白萝卜洗净,刮去皮,削成算盘子大的圆球,放入沸水锅中煮熟捞出,置于凉水中泡凉取出。干贝去泥沙洗净,放入小碗内,加黄酒、葱头、生姜片、精盐、鲜汤,上笼蒸透,去葱、姜备用。炒锅上旺火,放鲜汤适量烧沸,放竹荪片、胡萝卜球、白萝卜球、莴苣球、带汤汁干贝,加精盐、味精、胡椒粉拌匀,用小火炖约 2 分钟,用湿淀粉勾芡,去浮沫,淋上麻油,出锅装盘即成。

【功用】养阴清胃。

【提示】①此菜特点为色艳味鲜,清淡可口。②在众多的竹荪品种中,有一种黄裙竹荪,也叫杂色荪,只是菌裙的颜色为橘黄色或柠檬黄色。这种黄裙竹荪有毒,不可食用。③有外感时最好不吃竹荪。④腹泻者暂不宜食竹荪。

红烧鹌鹑

【原料】鹌鹑 6 只,青菜心 4 棵、葱、生姜、精盐、白糖、酱油、黄酒各适量。

【制作】将鹌鹑从胸剖开,在两侧胸肌上各批上两刀。炒锅上火,放油烧热,炒青菜心,放精盐、味精等盛出装盘。炒锅复上火,放油烧热,下鹌鹑煎一下,加入生姜片、葱、精盐、酱油、黄酒少许,汤煮开后用小火焖 2~3 分钟,翻身再焖,2 分钟后加少许白糖、味精,盛放在青菜心的盘中。

【功用】补益五脏,养益中气,清利湿热,利水消肿。

【提示】①此菜特点为荤素搭配,红鹑绿菜,交相辉映,鲜甜清爽。②鹌鹑初加工时可用水淹死、拔毛,剖开腹部,挖去内脏,清洗干净,以供进一步加工食用。

酥鲫鱼

【原料】小鲫鱼8尾(重约500克),海带250克,胡萝卜150克,去皮荸荠150克,白糖20克,酱油30克,黄酒30克,生姜20克,葱30克,麻油30克,醋30克,精盐、大茴香、砂仁、豆蔻、丁香、桂皮、甘草各适量。

【制作】将鲫鱼去鳞、内脏、鳃、鳍,刮净腹内黑膜,洗净后沥水。海带泡发后洗净,葱打结,生姜块拍松。大茴香用纱布包好。取一沙锅,锅底垫上干净碎碗块,上铺一层海带,放上葱结、生姜块,再把鲫鱼整齐地立放入锅。大茴香等包放在鱼中间。海带裹着的胡萝卜卷放在鱼上面,上放荸荠,用较宽的海带覆盖在其上面,再用平盘扣压住。碗内放白糖、醋、黄酒、酱油、麻油、精盐,加清水适量调匀,然后倒入沙锅中,上火烧沸,再转小火慢烧,鲫鱼酥透、呈酱黑色时(约需3小时)离火待凉。胡萝卜卷切片于装盘时点缀,盘内配上荸荠,淋上麻油及原汁即成。

【功用】健脾利水,化痰渗湿。

【提示】①此菜特点为肉烂骨酥,甜咸略酸。②阳虚体质和素有内热者食用鲫鱼易生疮疡。

蒜烧鳊鱼

【原料】 鳊鱼1尾（重约750克），大蒜瓣100克，精盐3克，黄酒15克，胡椒粉2克，味精3克，白糖5克，酱油10克，麻油5克，植物油250克（实耗约50克），鲜汤、葱花、生姜末各适量。

【制作】 将鳊鱼初步加工后洗净，剞上斜一字刀，抹酱油少许略腌。炒锅上火，放油烧至八成热，下鳊鱼炸至金黄色时离火捞出沥油。炒锅留底油重新上火，下葱、姜煸香，加入鲜汤、黄酒、精盐、胡椒粉、白糖、大蒜瓣，再下鳊鱼，先用旺火烧开，再用中火烧约10分钟，最后用旺火收浓汤汁，加入味精、麻油，起锅装盘，蒜瓣围在鱼的周围即成。

【功用】 健脾益胃，开胃消食。

【提示】 ①此菜特点为鱼肉鲜嫩，蒜如玉珠。②便溏不成形及痢疾者慎食鳊鱼。

蒜苗河蚌肉

【原料】 蒜苗250克，河蚌肉200克，蒜茸、精盐、黄酒、味精、白糖、生姜末、植物油各适量。

【制作】 将蒜苗洗净切成3厘米长的段。河蚌肉洗净，放入沸水锅中焯一下，捞出切成片，加上黄酒、精盐备用。锅置火上，放油烧热，放入蒜茸、生姜末爆香，下蒜苗煸炒至半熟，加入河蚌肉，沸煮50分钟，再加白糖、味精调味即成。

【功用】 防癌抗癌，滋养肝肾。

【提示】①此菜特点为鲜香爽口。②蒜苗刺激性较大,有胃病的人最好少吃。

酱汁鱼

【原料】鲜鲤鱼1尾(重约600克),三肥七瘦猪肉50克,冬笋25克,豌豆25克,植物油、面酱、麻油、黄酒、醋、白糖、酱油、精盐、味精、葱花、生姜末、蒜片、淀粉各适量。

【制作】将鱼刮鳞、去鳃,开膛除内脏,洗涤整理干净,在鱼身两侧呈十字交叉剞棋盘形花刀,用酱油、黄酒腌制5分钟,下七成热宽油锅中炸到外表皮略硬时捞出,控净油分。将猪肉切成4毫米见方的丁;冬笋也切成相应的丁。锅上火烧热,加少许底油,用葱花、生姜末和蒜片炝锅,下肉丁、冬笋丁、面酱,炒出香味,烹黄酒、醋,加酱油,添入鲜汤,下精盐、白糖和炸好的鱼,用旺火将汤烧沸,撇去浮沫,转小火烧至熟烂入味,见汤汁稠浓时,下豌豆、味精,旺火收汁,先将鱼铲出装盘,再把余汁勾少许芡,淋麻油炒浓,出锅浇在鱼身上即成。

【功用】开胃健脾,利水消肿,清热解毒,化痰止咳。

【提示】①此菜特点为酱香醇郁,鱼香肉嫩。②炸鱼要旺火热油,一炸即出。③烧制时要注意汤汁变化,适时调整转换火力,做到原料酥烂入味,汁紧芡亮。

烩蹄筋

【原料】水发蹄筋200克,熟鸡肉50克、火腿50克、笋片50

克,植物油、生姜块、葱段、鲜汤、精盐、味精、湿淀粉各适量。

【制作】发好的蹄筋用清水洗净,挤干水分,片成3.5厘米长的段。熟鸡肉、火腿切片。炒锅放油烧热,放生姜块、葱段炝锅,放入蹄筋、鲜汤、鸡片、火腿片、笋片,大火烧沸,撇去浮沫,加入精盐、味精,用小火煮至酥烂入味,再用湿淀粉勾芡,装入盘内即成。

【功用】容颜润肤,补益气血,补肾填髓。

【提示】①此菜特点为香酥味厚。②蹄筋要用小火煮烂。

银花烩鸭舌

【原料】熟鸭舌200克,银耳100克,西兰花100克,水发香菇1片,火腿末5克,精盐4克,黄酒3克,味精3克,植物油50克,熟鸡油5克,胡椒粉2克,鲜汤400克,葱花、生姜末、湿淀粉各适量。

【制作】将银耳用沸水泡透,去掉黄心,清洗干净,西兰花焯水过凉,改刀成块。将香菇放入碗底,扣入鸭舌,加入精盐、黄酒、味精、鲜汤,上笼蒸约15分钟,取出放在汤盘中。炒锅上火,放油烧热,下葱花、生姜末炒香,加入鲜汤,捞出葱花、生姜末,下入银耳、精盐、黄酒、胡椒粉,烧开后下入西兰花、味精勾稀芡,淋上鸡油起锅装在鸭舌周围即成。

【功用】滋阴润肺,补脑提神,美容益寿。

【提示】①此菜特点为银耳洁白,鸭舌鲜嫩。②鸭舌要用清水洗净,清水煮至八成热。

鹌鹑烩玉米

【原料】鹌鹑3只,罐头玉米150克,松子仁50克,熟猪肥膘50克,鸡蛋1个,黄酒、精盐、味精、麻油、胡椒粉、鸡汤、淀粉、猪油、植物油各适量。

【制作】将鹌鹑宰杀,去毛、内脏,洗净。将鹌鹑肉、猪肉切成玉米粒大小,盛入碗中,加入鸡蛋清、味精、黄酒、淀粉拌匀。松子仁下沸水锅煮熟捞出,沥干水分。炒锅上火,放油烧至五成热,将松子仁下锅内炸至金黄色捞出。将玉米倒出,沥干水分,放鸡汤、味精、精盐、麻油、胡椒粉、湿淀粉调成芡汁待用。炒锅上火,放油烧至四成热,投入鹌鹑、猪肉粒用勺划开,泡2分钟,捞出沥干油。原锅倒入芡汁,并将鹌鹑、猪肉粒放入炒锅中,烹入黄酒,倾入调匀的芡汤,烧开后加入猪油推匀,撒上松子仁即成。

【功用】补益五脏,利水消肿。

【提示】①此菜特点为色亮味美。②鹌鹑丁划油时温度不能太高。③勾芡不能太厚,以呈米汤样为好。

余汤肉丸

【原料】肥瘦猪肉100克,鸡蛋50克,白菜心50克,番茄50克,黑木耳5克,精盐、酱油、姜葱汁、湿淀粉、味精各适量。

【制作】将猪肉洗净剁烂,加入葱姜汁、精盐、鸡蛋和湿淀粉,搅拌均匀。黑木耳用温水发涨,去杂洗净。白菜、番茄洗净,切成片。锅中放入鲜汤煮沸,用调羹将调好的肉泥舀成大小如橄榄形

肉丸,陆续放入鲜汤中。肉丸煮至刚熟浮起时,撇去浮沫,加入黑木耳、白菜心、番茄,煮 2 分钟,再加入味精、精盐、酱油,烧至汤沸即成。

【功用】益气增力,嫩肤美容。

【提示】①此菜特点为肉丸鲜嫩,汤汁味美。②肉要用清水漂洗,除去血污,以利于丸子成菜后的洁白。瘦肉要反复捶砸并随时挑去残筋,直至肉茸细嫩。③调制肉茸时要始终顺一个方向搅拌,使之充分融合。

龙井虾仁

【原料】鲜虾仁 150 克,龙井茶叶 10 克,鸡蛋 1/2 个,淀粉 15 克,青豆 10 克,冬笋 59 克,精盐 4 克,味精 3 克,黄酒 5 克,鲜汤 500 克。

【制作】将龙井茶放碗内,加入开水半碗用盘扣住,停 3 分钟,将茶叶滗出,再兑开水半碗备用。将虾仁放凉水中淘洗净,捞出控干水分放碗内,加入鸡蛋清、淀粉、精盐 1 克抓均匀。锅内加入水 250 克,烧开后将虾仁下水中滑开至虾仁变白时捞出放碗内。将青豆、笋片放入焯一下捞出,放入装虾仁的碗内。将锅内加入鲜汤,加入精盐、黄酒、味精,汤开后撇去浮沫,将茶叶水兑在汤内调好味冲入装虾仁的碗内。

【功用】补肾利尿,清热解毒,防癌抗癌。

【提示】①此菜特点为虾仁鲜嫩,茶叶清香。②要用鲜活虾仁为原料,冷冻虾仁和海虾均不宜使用。③龙井茶叶系鲜嫩之物,经开水略泡后使用,加热时间不宜过长。

汆蛤蜊肉 ✦

【原料】蛤蜊肉 250 克,冬笋 10 克,菠菜心 10 棵,鲜汤 500 克,精盐 3 克,味精 2 克,胡椒粉 2 克,香菜末 2 克,黄酒 5 克。

【制作】将蛤蜊肉洗干净,冬笋切成片。汤锅上火,放入鲜汤、黄酒、味精、笋片、菠菜心烧开后,撇去浮沫盛入碗内。把蛤蜊肉放在漏勺内用开水烫一下,倒入盘内与碗内的汤同时上桌。食前再将蛤蜊肉倒入汤碗内,撒入胡椒粉和香菜末。

【功用】滋阴生津,清热化痰,软坚散结。

【提示】①此菜特点为蛤蜊肉质嫩,汤鲜清淡。②蛤蜊肉性寒凉,阳虚体质和脾胃虚所致的腹冷痛、腹泻者忌用。

奶油扒香菇菜心 ✦

【原料】香菇 50 克,大青菜心 500 克,火腿 25 克,水海米 25 克,葱花 15 克,生姜末 2 克,鲜牛奶 100 克,面粉 5 克,精盐 4 克,黄酒 10 克,味精 0.2 克,鲜汤 200 克,湿淀粉 20 克,麻油 10 克,植物油 500 克(实耗 50 克)。

【制作】将菜心洗干净,根部削尖,削一 3 厘米长的十字刀口;香菇坡刀切两片;火腿切成花刀长片。炒锅上火,放油烧至七成热,投入菜心过油,倒入漏勺中,沥净余油,将菜心整齐地摆在盘中待用。炒锅上火,加麻油 5 克,烧热后投入葱花、生姜末,烹入鲜牛奶,搅至油和牛奶融合,加入鲜汤用手勺搅成乳白色,将菜心推入锅中,投入火腿片、香菇片、海米,加入精盐、黄酒、味精,烧开移

小火上加盖烧煮。待见汤汁不多时转用旺火,用湿淀粉勾芡,淋上热油,将菜心翻身,转动锅,淋上麻油出锅推入盘中,将香菇片、火腿片用筷子夹着摆在菜心上面即成。

【功用】养颜美容,通利肠胃。

【提示】①此菜特点为脆嫩奶香,色鲜爽口。②香菇要事先发透。

蘑菇炖豆腐

【原料】鲜蘑菇 50 克,嫩豆腐 500 克,熟笋片 30 克,素鲜汤300 克,酱油 15 克,麻油 25 克,精盐、黄酒、味精各适量。

【制作】将嫩豆腐放干盆内,加入黄酒,上笼用旺火蒸 40 分钟,取出切成 2 厘米见方的小块,放于锅中,用沸水焯后,用漏勺捞出,待用。将鲜蘑菇削去根部黑污、洗净,放入沸水中焯 1 分钟捞出,用清水漂凉,切成片备用。在沙锅内放入豆腐、笋片、鲜蘑菇片、精盐和素汁汤(浸没豆腐为准),用中火烧沸后,移至小火上炖约 10 分钟,加入酱油、味精,淋上麻油即成。

【功用】宽中和脾,生津润燥,清热解毒。

【提示】①此菜特点为蘑菇鲜脆,豆腐嫩滑。②鲜蘑菇要焯后使用。

猴头菜心

【原料】水发猴头菇 100 克,青菜心 500 克,鲜汤 300 克,胡椒粉、干淀粉、湿淀粉、精盐、黄酒、生姜末、味精、植物油各适量。

【制作】将猴头菇剪去根，洗净，放入沸水中略焯，捞出，挤干水分，顺毛片切成大片。青菜心用清水洗净，入沸水中焯熟捞出，放入冷水中过凉，切成 10 厘米长的段。碗内放干淀粉、清水适量搅成糊，将猴头菇片放入逐一浆上糊，入沸水锅中焯透捞出，放入凉水中过凉捞出，仍整理成原来猴头菇的形状，放入碗内。炒锅上旺火，放油烧热，下生姜末炸香，放鲜汤、味精、精盐、黄酒、胡椒粉调味，烧沸后将汤倒入盛有猴头菇的碗内，上笼用旺火蒸约 30 分钟，取出，滗出汤汁，扣入盘内，揭去碗。原炒锅复上旺火，倒入蒸猴头菇的原汁，放入青菜心烧沸，用湿淀粉勾芡，出锅将菜心装在猴头菇的周围，然后浇鲜汤汁即成。

【功用】清火养胃，安神抗癌。

【提示】①此菜特点为原汁原味，清淡可口。②猴头菇要浸透洗净。③感冒、腹泻病人不宜食用。

豉汁蒸排骨

【原料】大排骨 200 克，豆豉 50 克，蒜头 25 克，生姜 25 克，植物油 20 克，葱段 5 克，生姜片 2 克，精盐 2 克，白糖 2 克，酱油 5 克，味精 1 克，黄酒 10 克，干淀粉 5 克，鲜汤 10 克，麻油 10 克。

【制作】将豆豉、蒜头、生姜，洗净后斩成茸，炒锅上火，放油烧热，将茸放入煸出香味时即成豉汁。猪大排洗净斩成 0.7 厘米厚、2 厘米宽、4 厘米长的块，放在盆中，加入葱段、生姜片、豉汁、精盐、白糖、酱油、味精、黄酒、干淀粉、鲜汤，拌匀后排列在盆中，淋上麻油，上笼蒸 15 分钟即成。

【功用】健脾开胃,补气增力。

【提示】①此菜特点为嫩滑,蒜香浓郁。②豆豉具有近似于豆酱的鲜香,其鲜味来源于霉菌、细菌分泌的蛋白酶分解豆粒中的蛋白质而成的多种氨基酸;香味则来源于白酒及酵母菌的作用所产生的醇类物质,以及乙醇与发酵中所产生的少量有机酸反应生成的酯类物质。

蛋皮包肉卷

【原料】鸡蛋50克,肉末100克,虾皮25克,春笋25克,胡萝卜20克,植物油5克,淀粉糊、生姜汁、葱花、精盐各适量。

【制作】将鸡蛋打入碗内调匀,用肥肉1小块擦锅底部,将蛋液倒入1汤勺,提锅慢慢转一圈,摊成圆形鸡蛋皮,摊熟取出,如法做3个蛋皮。肉末加虾皮(淘洗净,切细)、生姜汁、葱花、精盐和适量淀粉,调匀作馅。蛋皮平放菜板上,将肉馅放在上面成长条,用手提起蛋皮,轻轻包肉馅成条形,两端向里卷,将肉馅封好,用淀粉糊涂蛋皮边使之黏合,上笼蒸10分钟,取出,切成节放入盘内。将胡萝卜、春笋切成细丝。炒锅上火,放油烧热,倒入青笋、胡萝卜丝铲几下,加酱油和精盐等调料,再用湿淀粉勾芡,浇在蛋皮肉卷上。

【功用】补气增力。

【提示】①此菜特点为鲜嫩香脆。②制蛋皮时忌用大火。③调馅时湿淀粉不宜用得过多,肉馅要充分搅至滋润并起黏性。④蒸制蛋卷时不宜用旺火,水蒸气力要适中,以保证软嫩的质感。

芙蓉三鲜 ～～～～

【原料】鸡腿 2 个,精猪肉 75 克,净鱼肉 75 克,青菜心 5 棵,水发香菇 1 片,精盐 4 克,黄酒 15 克,味精 2 克,葱姜汁 20 克,鲜汤 1 000 克,鸡蛋清 120 克,干淀粉 15 克,植物油 750 克(实耗 50 克)。

【制作】将鸡腿出骨后皮朝下放平,用刀在鸡肉上面交叉斩一遍,深度为鸡肉的 2/3,猪肉和鱼肉一起剁成米粒状,加精盐、黄酒、味精、葱姜汁拌和均匀,再分放在鸡腿肉上抹平,用刀来回斩两遍,然后剁成 3 厘米宽、3 厘米长的块。将鸡蛋清打成发蛋,再加干淀粉抽打上劲。炒锅上火,放油烧至四成热,将鸡块分别挂满发蛋糊,逐个下入温油锅中,待外亮稍硬微黄时捞出沥油。将鸡块整齐地摆放于炖盅中,放入青菜心,摆上香菇片,加入鲜汤、精盐、味精,上笼蒸约 40 分钟取出即成。

【功用】滋肝养心,温脾和胃,强肾益精,补虚健体。

【提示】①此菜特点为色泽微黄,鲜香酥烂,汤清味醇。②炸制时宜用中小火,避免炸黄炸糊。

芙蓉鲫鱼 ～～～～

【原料】鲜鲫鱼 2 尾(重约 400 克),鸡蛋清 200 克,熟火腿末 15 克,香菜叶 5 克,葱 5 克,生姜 10 克,黄酒 15 克,精盐 3 克,味精 2 克,生姜末、香醋、鲜汤各适量。

【制作】将鲫鱼去鳞、鳃、内脏,刮去腹内黑膜,洗净,切去脊骨,置盘内加葱(打结)、生姜块(拍松)、黄酒、精盐,上笼蒸约七八

成熟,去葱姜,抽去鱼的腹部黏膜。鸡蛋清置大碗内,加精盐、味精、鲜汤搅匀,吹去浮沫。取深盘1只,加入1/3的鸡蛋清,加盖,上笼蒸4~5分钟取出,再将鲫鱼放在蛋上。剩余的鸡蛋清液倒在盘内,加盖上笼蒸透取出,上撒火腿末、香菜叶即成。上桌时随生姜末、加醋1碟。

【功用】补气健脾,利水消肿。

【提示】①此菜特点为鱼肉鲜嫩,汤汁醇厚。②蒸制芙蓉蛋生坯时,干淀粉的用量要适当,过多、过少都会影响其质量。

清蒸鳊鱼

【原料】鲜鳊鱼500克,火腿片25克,麻油20克,鲜汤200克,黄酒10克,味精2克,精盐2克,胡椒粉1克,生姜5克。

【制作】将鳊鱼去杂洗净,沥干水分,加精盐腌渍15分钟。把生姜去外皮,洗净,切成片。将煮锅刷洗净,加清水适量,置于旺火上煮沸,把鱼放入锅中煮沸,加鲜汤、黄酒、生姜片和精盐,稍煮片刻,移入炖盅中,放上火腿片,上笼蒸半小时,至鱼肉松软,鱼眼突出,即可出笼。鳊鱼出笼后拣去生姜片,再下麻油、味精、胡椒粉调味即成。

【功用】暖胃活血,行气祛风。

【提示】①此菜特点为清香可口。②鱼要鲜活。蒸制时配上火腿片,其味才佳。③便溏不成形者慎食。

绣球虾米

【原料】鱼肉100克,水发虾米75克,肥膘肉50克,熟瘦火腿

6 克,葱姜汁 15 克,黄酒 10 克,精盐 3 克,味精 2 克,鸡蛋清 30 克,鸡油 15 克,淀粉 10 克,鲜汤 50 克。

【制作】 将鱼肉剁成细茸,放入碗中,加葱姜汁、精盐、味精、鸡蛋清、淀粉搅成鱼剂。熟瘦火腿切末。肥膘肉切成圆片。鱼剂挤成直径约 3 厘米的丸子,逐个放在肥膘肉片上,四周镶上虾米,做成绣球状。中间点缀火腿末,放入盘中。绣球丸子上笼蒸熟取出。在蒸丸子同时,炒锅上火,加入鲜汤、精盐、味精烧沸,用湿淀粉勾芡,淋上鸡油,浇在丸子上即成。

【功用】 滋阴补虚,补肾壮阳。

【提示】 ①此菜特点为形如绣球,入口滑嫩。②鱼茸要向一个方向搅拌,不要太稀。

香菇蛏干 ✦✦✦✦

【原料】 水发蛏干 250 克,鸡肉 250 克,水发香菇 25 克,精盐、黄酒、味精、酱油、湿淀粉、植物油、鲜汤各适量。

【制作】 将蛏干去杂洗净,下沸水锅中焯一下,捞出,将其伸展。鸡肉剁成茸,抹在蛏干上,摆放盘内,上笼蒸透。炒锅上火,放油烧热,再放入鲜汤,下入蛏干、笋片、香菇片、黄酒、精盐、味精,烧沸后改为小火炖至蛏干入味,用湿淀粉勾芡,起锅装盘即成。

【功用】 健脑益智,清热除烦。

【提示】 ①此菜特点为清香爽口。②脾胃虚寒者忌食。

炖蚌鸽

【原料】 净乳鸽1只(净重400克),蚌250克,肉茸125克,竹笋40克,淀粉、酱油、葱、生姜、胡椒粉、精盐、黄酒各适量。

【制作】 将蚌的外壳洗刷干净,连壳放入碗内,入蒸笼蒸至蚌壳分开,蒸出的汤汁待用。蒸好的蚌要除尽泥沙后用冷水洗干净,壳留用,蚌肉切碎与肉茸、淀粉、酱油、葱、生姜、胡椒粉混合。将混合后的肉料嵌入蚌壳内,两片合拢。大汤碗中放入预先煮过的笋块,将整只乳鸽保持原形放在上面,周围排一圈嵌肉蚌壳,加入精盐、味精、清水和黄酒及蚌的汤汁,置于隔水加盖的锅内炖煮1小时即成。

【功用】 滋阴补肾,清凉泻火。

【提示】 ①此菜特点为造型美观,色香味全,肉质鲜嫩,清香可口,汤汁鲜美。②必须用嫩鸽烹制。

黄酒炖田螺

【原料】 大田螺30个,黄酒40克,精盐、味精、麻油各适量。

【制作】 将大田螺洗净,放入沸水锅内煮至螺肉熟,捞出,过凉水,取出螺肉,沥干水。取大碗1个,放入螺肉、黄酒、精盐、味精、麻油稍腌一下。将螺肉放入清水锅中炖半小时即成。

【功用】 通利小便,清热除湿。

【提示】 ①此菜特点为酒香诱人,螺肉鲜美。②田螺要用清水养2天,漂去泥,反复刷洗干净后使用。

蚌肉炖老鸭 ❦

【原料】蚌肉 80 克,老鸭肉 150 克,生姜 5 克,精盐、味精各适量。

【制作】将蚌肉放盐水中浸泡 20 分钟,过凉水洗净。把老鸭肉用清水洗净,切成小块。生姜去外皮,洗净,切成片。将炖盅洗净,将蚌肉、老鸭肉、生姜片、精盐放入炖盅内,加开水适量。炖盅加盖,先用旺火烧开,再用小火炖 3 小时左右,加味精调味即成。

【功用】滋阴补肾,行水除烦。

【提示】①此菜特点为鸭香蚌鲜。②此菜为火工菜,约需 3 小时以上,蚌肉愈烂愈好。

油焖茭白 ❦

【原料】茭白 500 克,植物油 500 克(实耗约 50 克),酱油 15 克,精盐 2 克,白糖 10 克,味精 2 克,麻油 10 克。

【制作】将茭白去皮洗净,下开水锅里烫一下捞出,切成长 4.5 厘米、宽 0.5 厘米的长条块。炒锅上旺火,放油烧至六成热,下茭白炸约 1 分钟,捞出控油。再将炒锅上火,投入茭白,加入酱油、精盐、白糖、味精和清水适量,烧 2 分钟,淋上麻油即成。

【功用】利气宽胸,除烦解渴。

【提示】①此菜特点为色泽明亮,味鲜汁浓。②炸茭白的时间不要太长。

沙锅鳙鱼头

【原料】鳙鱼头1 000克,猪五花肉50克,香菇、笋片、青蒜、麻油、鲜汤、黄酒、白糖、酱油、精盐、味精、生姜片、葱段各适量。

【制作】将鱼头从中间劈开,去鳃洗净。锅中加油烧热,煎鱼头至皮里黄色,再翻煎另一面,淋上黄酒,加入酱油、生姜片、葱段、肉片、笋片、香菇、白糖和鲜汤,烧鱼至六成熟,再略加精盐。将鱼头放入沙锅中,旺火烧开,用小火焖10分钟左右。鱼肉成熟时加入少许味精,撒入青蒜,略烧即成。

【功用】健脑益智,补气养胃。

【提示】①此菜特点为汤色洁白,肉嫩味鲜。②要选用活鱼鱼头烹制,鱼头要先入热油锅中两面煎黄,再加调味品和鲜汤焖烧至熟。

春笋焖肉

【原料】猪五花肉400克,春笋200克,葱5克,姜5克,精盐3克,酱油10克,白糖3克,味精0.5克,黄酒4克,植物油10克。

【制作】将春笋去皮后切成片,放入开水锅中煮透。捞出放冷水中冰凉。五花肉洗净,切成1厘米见方的块。炒锅放在旺火上,放油烧热,放入猪五花肉和春笋一起煸炒至肉呈灰色,加入葱、姜同炒,待出香味后,加黄酒、酱油、精盐、白糖和适量的水(淹没原料2/3),移至小火上加盖焖至肉酥烂,复移锅至旺火上,将汤汁收至黏稠即可起锅。

【功用】滋阴养颜,消渴益气。

【提示】①此菜特点为色泽红亮,味浓醇厚。②竹笋属寒凉之品,脾虚便溏及消化道溃疡者忌食。③竹笋中含有较多的草酸钙,故肾炎、尿路结石病人不宜食用。

红煨对鸽

【原料】鸽子2只(重约500克),青菜心10个,酱油25克,冰糖15克,湿淀粉50克,麻油2克,猪五花肉150克,黄酒50克,大茴香1只,味精1克,猪油50克,精盐2克,植物油500克(实耗约50克)。

【制作】将鸽宰杀处理干净,用沸水烫泡去除血腥味,再用黄酒涂抹鸽身体。炒锅上火,放油烧至七成热,将鸽入锅炸成红色,起锅备用。蒸钵用竹算垫底,放入鸽子,再将五花肉洗净,切成3条放在鸽子上,加黄酒、酱油、冰糖、大茴香、精盐、清水750克,加盖瓷盘,在旺火上烧开,转用中火炖烂,取出鸽子装盘。将菜心入锅炒熟,拼在鸽子旁边。炒锅上火,放油烧热,倒入原汤烧开,放入味精,用湿淀粉勾芡成浓汁,浇在鸽子、菜心上面,再淋麻油即成。

【功用】补肾壮阳,健脑益智。

【提示】①此菜特点为红绿相映,鲜甜清爽。②炸制时间不宜过长。

豆瓣鳙鱼

【原料】鳙鱼250克,豆瓣辣酱18克,葱6克,生姜6克,蒜6

克,淀粉 3 克,醋 3 克,味精 1 克,酱油 6 克,麻油 30 克,白糖 3 克,黄酒 6 克,鲜汤 45 克,植物油 250 克(实耗约 15 克)。

【制作】将淀粉加水调成湿淀粉。葱、生姜、蒜切成碎末。鳙鱼洗净并切成长方块,下热油锅炸至黄白色,捞出沥油。炒锅上火,放入麻油,先煸葱、生姜、蒜、豆瓣辣酱,随后加入酱油、黄酒、白糖、食醋,再将鱼块倒入,加入鲜汤,待煮沸后移至小火上煨,待剩下 1/3 汤汁时加入味精和湿淀粉,略搅一下即成。

【功用】补脾暖胃,温肾益精。

【提示】①此菜特点为色泽红亮,酱香浓郁,微带酸甜,鱼肉鲜嫩。②要选用活鱼烹制,炸制时间不宜长。③葱、生姜、蒜、豆瓣辣酱要煸出香味,烧鱼要用中火,以鱼刚熟为佳,鱼形要完整。

炝辣莴苣

【原料】莴苣 500 克,辣椒 5 克,精盐 3 克,味精 2 克,麻油 5 克,生姜末 5 克,植物油 50 克。

【制作】将莴苣去外皮,洗净,切成梳子片。将莴苣片用精盐略腌后挤去水分,装入盆内,放入味精、麻油、生姜末。炒锅上火,放油烧至七成热,下辣椒炒至酥香,将辣椒油倒入莴苣内,浸渍入味即成。

【功用】祛除口臭,舒胸利气。

【提示】①此菜特点为清脆香辣,鲜爽清口。②辣椒油倒入莴苣后须稍放片刻,以使调味料渗透到原料内部。

夏季健身餐

夏季,是指我国农历立夏、小满、芒种、夏至、小暑、大暑6个节气,即农历4、5、6月份。夏季气候炎热,也是万物生长最茂盛的时候。《黄帝内经》中已有记载:"夏三月,此谓蕃秀,天地气交,万物华实。"夏季炎热,人若正气素亏或因劳倦太过,耗伤津气,则暑热之邪乘虚入侵而发病。夏季,人体代谢最旺盛,出汗量大,需要补充较多的营养物质,特别是矿物质,如果不及时补充就会发生体液失调,代谢功能紊乱;同时天气炎热会影响人体脾胃功能,减少胃液分泌,加上睡眠不足,进而影响食欲,造成了食入减少而消耗增多的现象,故不少人夏季体重下降。夏季炎热常使食欲、消化吸收功能等受到影响,因而,夏季消耗较大,需要滋补,否则难免机体失调,不利于健康长寿。

夏季饮食以清淡、苦寒、富有营养、易消化的食物为佳,避免食用黏腻碍胃难以消化的食物,勿过饱过饥;重视健脾养胃,促进消化吸收功能。夏天气温高,出汗多,饮水多,胃酸被冲淡,消化液分泌相对减少,消化功能减弱致使食欲不振,再加上天热人们贪吃生冷食物造成胃肠功能紊乱或因食物不清洁易引致胃肠不适,甚至食物中毒,因此,夏季饮食应清淡而又能促进食欲,这样才能达到养生保健的目的。夏天要吃利水渗湿的食物,因为夏天酷热,气温高,湿气可以侵入人体。同时因为天热,喜冷饮,饮水多,外湿入内,使水湿固脾,脾胃升降,运化功能产生障碍,就会积水为患。常

吃利水渗湿的食物能健脾,脾健而升降运化功能得到恢复,便可以行其水湿。夏季要适当多吃一些苦味的食物,如苦瓜等,酷暑炎热、高温湿重时吃苦味食物,能清泄暑热,以燥其湿,便可以健脾,增进食欲。味酸的食物能收能涩,夏季汗多易伤阴,食酸能敛汗,能止泄泻,如番茄具有生津止渴、健胃消食、凉血平肝、清热解毒、降低血压之功。夏季人们爱吃凉拌菜,就要用醋。夏季吃醋可以开胃消食,散水汽,杀邪毒。用醋做凉拌菜,既可调味,又可杀菌解毒,去其水汽,亦可开胃进食。

夏季食欲减退,脾胃功能较为迟钝,此时食用清淡之品,有助于开胃增食,健脾助运。如果过食肥甘腻补之物,则致呆胃伤脾,影响营养消化吸收,有损健康。因此,夏季饮食宜注重选择绿豆、白扁豆、西瓜、荔枝、莲子、蚕虫、荞麦、大枣、猪肚、猪肉、牛肉、牛肚、鸡肉、鸽肉、鹌鹑肉、鲫鱼、乌龟、甲鱼、蜂乳、蜂蜜、鸭肉、牛乳、鹅肉、豆腐、豆浆、甘蔗、梨等。

人们夏季喜冷食,但吃冷食必须注意卫生,不要引起肠胃疾病。必须注意消化,特别是老人、小儿,更应注意食用易于消化的冷食。必须注意冷食并非生吃,除少数可生吃外,多数的菜不宜生吃。生吃弊端多,有害身体,容易导致消化不良,引起胃肠功能障碍。

夏季不能暴饮暴食,就是指不能过饱,尤其晚餐更不应饱食。谚语说:"晚餐少一口,活到九十九。"《黄帝内经·素问》指出:"饮食有节"、"无使过之"。老人、小孩消化力本来不强,夏季就更差,吃得过饱,消化不了,容易使脾胃受损,导致胃病。如果吃七八成饱,食欲就会继续增强。夏季暑热,肠胃功能受其影响而减弱,因此在饮食方面,就要调配好,有助于脾胃功能的增强。细粮与粗粮要适当搭配吃,一个星期应吃 3 次粗粮,稀与干要适当安排。夏季以二稀一干为宜,早上吃面食、豆浆,中餐吃干饭,晚上吃粥。荤食与蔬菜配制合理,夏天应以青菜、瓜类、豆类等蔬菜为主,辅以荤食。肉类以猪瘦肉、牛肉、鸭肉及鱼虾类为好。老人以鱼类为主,辅以猪瘦肉、牛肉、鸭肉。夏季要按时进餐,不能想吃就吃、不想吃就不吃,这样会打乱脾胃功能的正常活动,使脾胃生理功能紊乱,导致发生胃病。夏季要少吃生冷食物,少冷饮,特别是冰。老人脾胃消化吸收能力已逐渐衰退,小儿、儿童消化功能尚未充盈,在夏季又要受到暑热湿邪的侵侮,影响了脾胃消化吸收功能,如吃生冷食物、饮冷饮,就会损害脾胃。生冷食物是寒性食物,寒与湿互结,就会使脾胃受损,导致泄泻、腹痛之症发生。

海蜇皮拌芹菜

【原料】芹菜 250 克,水发海蜇皮 80 克,小海米 15 克,精盐 2 克,白糖 5 克,味精 1 克,醋 5 克。

【制作】将芹菜洗净,去叶,除粗筋,切成 3 厘米长的段,在开水中焯一下,捞出,控干。将海米泡好,将海蜇皮浸泡 2 小时,剥去黄衣,洗净切成稍粗的丝,再用清水漂洗 2 次,放入开水锅中烫一下捞出,迅速用凉开水浸泡 2 小时,沥干水分,与芹菜、海米同入盘中,加入调料,拌匀即成。

【功用】化痰软坚,降压醒脑。

【提示】①此菜特点为咸鲜味香,脆嫩爽口。②切好的海蜇丝可用 95℃ 的热水稍烫一下,当海蜇丝收缩时立即放入凉水中,这样海蜇丝即可吸收水分涨发,恢复到原来的脆嫩状态。如果水

温过高,时间过长,海蜇丝便会收缩卷曲,失去爽脆的特色,不利于消化吸收。③新鲜海蜇经腌制加工后方可以食用,因为鲜海蜇中含有 5 - 羟色胺和组胺等多种毒性物质,吃了以后会发生腹痛、呕吐、头昏、头痛等症状。

凉拌苦瓜

【原料】苦瓜 250 克,精盐、洋葱、酱油、醋、麻油各适量。

【制作】将苦瓜洗净,一剖两半,去子,再对切,并切成薄片,放入开水锅内烫一下,再放入凉开水内过凉捞出,沥干水分。将苦瓜片放入盘内,排放整齐。将酱油、醋、精盐、麻油、碎洋葱等调料和匀,淋于苦瓜片上,然后放入冰箱中,随吃随取。

【功用】降压消暑,明目解毒。

【提示】①此菜特点为脆嫩清香,微苦爽口。②烫苦瓜一定要旺火沸水,以断生为度,不要煮烂,否则影响成菜的脆嫩清香。③苦瓜烫后沥干水分,一是为了去其苦味,二是为了便于入味。④脾胃虚寒者不宜生食苦瓜,以免食后吐泻腹痛。

拌茄泥

【原料】茄子 350 克,芝麻酱 10 克,麻油 5 克,精盐 3 克,蒜茸、香菜、韭菜各适量。

【制作】将茄子削去蒂托,去皮,切成 0.3 厘米厚的片,放入碗中,上笼蒸 25 分钟,出笼后略放凉。将蒸过的茄子去掉水,加入麻油、精盐、芝麻酱、蒜茸、香菜、韭菜拌匀即成。

【功用】 清热活血，止痛消肿。

【提示】 ①此菜特点为软烂鲜香。②茄子要蒸烂晾凉，去水后再拌，加入蒜茸、麻油、芝麻酱、香菜、韭菜等调料，可以提味。③虚寒腹泻，皮肤疮疡，孕妇以及目疾患者忌食。④过老的茄子不宜食用，因其茄碱含量偏高。

清拌豆腐 ❧❧❧❧❧❧

【原料】 豆腐 300 克，香菜 30 克，麻油 5 克，酱油 5 克，醋 1 克，精盐 3 克，味精 1 克，蒜茸 2 克，辣椒油 2 克，芥末 1 克。

【制作】 将豆腐放在开水中煮透，捞出用冷水过凉，片成片后切成 3.5 厘米长、0.5 厘米粗的丝，将香菜摘洗干净切成末，放入盘内。加麻油、酱油、醋、精盐、味精、蒜茸、辣椒油、芥末搅拌均匀，装盘即成。

【功用】 益气和中，生津润燥，清热解毒。

【提示】 ①此菜特点为色泽分明，香辣适口。②最好用当天做出的鲜豆腐做原料。③豆腐中含嘌呤较多，痛风病人应慎食。④服用四环素类药物时不宜吃豆腐，以免使四环素类药物杀菌效果降低。

海带拌腐竹 ❧❧❧❧❧❧

【原料】 水发腐竹 200 克，熟海带 200 克，猪瘦肉 100 克，青椒

50 克,胡萝卜 30 克,白菜梗 30 克,黄瓜 30 克,香菜 30 克,麻油 15克,植物油 25 克,芥末、酱油、醋、精盐、味精、辣椒油、蒜茸、芝麻酱各适量。

【制作】将水发腐竹切成 3 厘米长的丝,投入沸水中焯透,捞出冲凉,沥净水。将海带、青椒、白菜梗、胡萝卜、黄瓜均切成 3 厘米长的丝。将肉切成 3 厘米长的丝,投入热油中,加入酱油略炒一下,倒入碗里待用。将香菜摘洗干净,切成末。将腐竹丝、海带丝、青椒丝、白菜丝、胡萝卜丝、黄瓜丝、肉丝码入盘里,撒上香菜末,上桌时加入芥末、酱油、醋、精盐、味精、辣椒油、麻油、蒜茸、芝麻酱,拌匀即成。

【功用】补肾润肺,化痰补碘。

【提示】①此菜特点为色泽艳丽,口味鲜香。②腐竹用沸水烫一下可回软。③海带洗净后整片入笼蒸熟,再改刀切丝。④孕妇不宜过多食用海带,以免过多的碘引起胎儿甲状腺功能低下。

银芽拌鸡丝

【原料】绿豆芽 200 克,鸡脯肉 250 克,白醋、湿淀粉、鸡蛋清、精盐、味精、麻油各适量。

【制作】将鸡脯肉改刀切成丝,加少许湿淀粉、鸡蛋清拌匀,放入沸水锅内焯熟,捞出。绿豆芽择去根须,也放沸水锅中烫一下,捞出沥净水分。将鸡丝、豆芽同放入碗内,加适量精盐、味精、麻油、白醋,拌匀装盘即成。

【功用】温中益气,补精添髓。

【提示】①此菜特点为洁白软嫩,脆爽清淡。②鸡丝要焯熟,但不能过老。③绿豆芽烫好后要沥干水分。④平素脾胃虚寒易泻之人忌食绿豆芽。

脆皮黄瓜 ❧❦❧

【原料】鲜嫩黄瓜1 000克,红干椒丝50克,嫩生姜丝50克,精盐、醋、白糖、花椒、麻油各适量。

【制作】将黄瓜洗净、切条,用精盐腌半小时,挤干水分,放容器中备用。炒锅上火,放入麻油烧热,先炸花椒,捞出再炸泡好的红干椒丝,待红干椒脆时,下生姜丝,倒入碗中。将糖、醋加少许精盐熬成浓汁,倒在腌好的黄瓜条上,再倒入椒姜油,调拌均匀,待15分钟后腌制入味时,装盘食用即成。

【功用】健脾开胃,清热生津。

【提示】①此菜特点为脆嫩可口。②刀工要整齐划一。③黄瓜质脆嫩,盐腌后挤水分时,动作要轻,以免挤碎。④红油的口味是麻、辣、香。炸花椒、红辣椒丝、生姜丝时,要注意油温的变化,分次下油锅浸炸。⑤调拌好口味的黄瓜条,要放在恒温冷柜中保管,最佳温度是4℃。

金钩炝蒜苗 ❧❦❧

【原料】嫩蒜苗300克,海米25克,黄酒15克,味精1克,精盐2克,麻油15克。

【制作】将海米去杂洗净,放小碗中,加黄酒、沸水浸泡至软。

蒜苗摘洗干净,切成 4 厘米长的段,放入沸水中焯一下,捞出甩水,乘热撒上精盐拌化,并用筷子抖松抖凉。将小碗里的海米和调味汁倒入拌匀,淋上麻油,用小盘扣住焖 1 小时左右。在焖的过程中须翻 2 次,以利入味,食用时装入大圆盘即成。

【功用】解毒行滞,化食消谷,补肾壮阳。

【提示】①此菜特点为色泽深绿,脆嫩爽口。②蒜苗要用旺火沸水烫,断生立刻捞出,乘热撒盐,然后抖凉,以保持脆绿。

蒜茸炝鳝丝

【原料】鳝鱼丝 350 克,蒜茸 50 克,精盐 3 克,味精 2 克,胡椒粉 2 克,黄酒 7 克,麻油 25 克,花椒、醋、生姜汁适量。

【制作】将鳝鱼丝切成较长的段,入开水锅中焯熟捞出晾凉。鳝鱼丝用精盐、味精、胡椒粉、醋、生姜汁拌匀,皮朝下整齐摆在碗内,放入盘中,放上蒜茸。炒锅上火,烧热加入麻油,下入花椒,炸香后将热油浇在蒜茸上,用碗扣上,10 分钟后起碗即成。

【功用】祛风活血,滋阴壮阳,抗菌防癌。

【提示】①此菜特点为色黑油亮,软嫩鲜香,蒜香味浓。②鳝丝要焯透,加热时间短对健康不利。鳝鱼体内可有颌口线虫的囊蚴寄生,爆炒时如未完全杀死囊蚴,就会发生颌口线虫感染。③鳝鱼死后蛋白质的降解程度比其他鱼类为高,因而组胺较多,食之会中毒。④凡是有口渴咽干、唇舌干燥、大便秘结、尿少而黄等阴虚内热症状者应慎食鳝鱼,外感发热、疟疾、痢疾患者以及腹部胀满的人应忌食鳝鱼。

炮虾仁豌豆

【原料】 净虾仁250克,豌豆100克,植物油、花椒油、味精、精盐、鸡蛋清、淀粉各适量。

【制作】 将虾仁洗净揉干,用适理精盐、味精腌制片刻。鸡蛋清、淀粉装入碗中调成蛋清糊备用。锅加宽油,烧至三四成热,将腌过的虾仁用蛋清糊上浆后下油中滑开滑透,倒入漏勺控净油分。水锅烧开后,将豌豆焯一下,捞出用凉水投过,倒入漏勺控净水分。将控净余油和控出水分的虾仁、豌豆和在一起,加花椒油、味精和精盐拌匀装盘即成。

【功用】 补肾壮阳,和中益气。

【提示】 ①此菜特点为鲜嫩适口,色泽艳丽。②主料滑、焯火候要准确,以断生为度,不可过大,也不能滑、焯不足,否则菜品苦涩或夹生。③调味要适口,切忌过咸,失去鲜嫩风味。

蛋皮芹卷

【原料】 嫩芹菜200克,鸡蛋4个,植物油300克(实耗约25克),水发香菇、茭白、蘑菇、水发海米、精盐、味精、黄酒、生姜末、胡椒粉、湿淀粉、辣酱油、醋、麻油各适量。

【制作】 将嫩芹菜择去根、叶洗净,放入沸水中烫至断生捞出,用凉水过凉,控水后切成末。水发香菇、茭白、蘑菇、水发海米均切成末。取大碗1只,加入切碎的原料,加入黄酒、精盐、味精、胡椒粉、生姜末、湿淀粉调匀成馅。鸡蛋打入碗中,用筷子搅散。

炒锅上中火,放油少许,转动炒锅,使油均匀地布满锅底,倒入鸡蛋液,摊成 20 厘米直径的蛋皮,共摊 4 张,取出平放在案板上,然后将馅心卷入蛋皮内,制成蛋卷。炒锅上火,放油烧至六成热,下入蛋卷,炸至外壳起脆呈金黄色时,捞出控油,切成菱形块,整齐地摆放在盘内。上桌时配辣酱油、醋各 1 碟。

【功用】清心安神,补益气血。

【提示】①此菜特点为色泽金黄,外脆内嫩。②芹菜性偏凉,脾胃虚弱和消化性溃疡患者宜少食。

金钱茄子

【原料】鲜茄子 200 克,五花猪肉 150 克,鸡蛋 2 个,植物油 500 克(实耗约 100 克),面粉 25 克,蒜茸、葱花、花椒粉、味精、精盐、湿淀粉各适量。

【制作】将茄子洗净去皮,用刀切成 0.3 厘米厚的圆片,使两片基部相连成夹形。猪肉剁馅,加蒜茸、葱花、味精、花椒粉、精盐搅匀待用。夹形茄子中间加好肉馅,待用。将鸡蛋、面粉、湿淀粉、精盐、味精调成糊。炒锅烧热,小火,加油,油热到 5 成热时,将茄夹逐个放入锅中炸成金黄色,捞出即成。

【功用】清热消肿,活血止痛。

【提示】①此菜特点为色泽美观,外酥里嫩。②茄子应选质嫩的,去皮洗净后要用清水浸泡,以防氧化变色。③茄子性寒凉,脾虚泄泻、消化不良者不宜多食。

番茄鸡肉球 ᏋᎧᏋᎧᎧ

【原料】番茄 500 克,鸡脯肉 150 克,猪肥膘肉 50 克,水发香菇 50 克,鸡蛋 1 个,植物油 500 克(实耗约 50 克),黄酒 5 克,精盐 3 克,味精 1 克,白糖、葱花、生姜末、面包、面包粉、香菜末各适量。

【制作】将鸡蛋清、面粉加少许精盐、味精调成糊。将番茄洗净,直切成半球形,水发香菇切成碎丁。鸡脯肉、猪肥膘肉一同斩成茸,与香菇丁一同放进碗内,加精盐、黄酒、白糖、味精、葱花、生姜末及适量清水,搅打上劲成馅,分装进 12 只番茄半球内,将平底部分沾上鸡蛋面粉糊,再沾上面包粉待用。炒锅上火,放油烧至八成热,将沾上面包粉的番茄下锅炸至底部呈金黄色,用漏勺捞出,码进圆盘,周围撒上香菜末即成。

【功用】健脾开胃,滋阴润燥。

【提示】①此菜特点为色泽艳丽,鸡嫩菇香。②鸡脯肉要掌握先斩后砸的方法,斩细后用刀背砸成茸。

烹腐竹 ᏋᎧᏋᎧᎧ

【原料】水发腐竹 200 克,胡萝卜 25 克,黄瓜 40 克,湿淀粉 30 克,植物油 800 克(实耗约 50 克),葱花、生姜丝、酱油、醋、白糖、精盐、味精、鲜汤各适量。

【制作】将水发腐竹切成 3 厘米长的段,装碗用湿淀粉挂糊。将胡萝卜、黄瓜均切成 3 厘米长的细丝。将胡萝卜丝投入沸水中焯一下,捞出冲凉,沥干水。取小碗 1 只,添入鲜汤 50 克,加入酱油、醋、精盐、味精、白糖,兑成咸、甜、酸汁,待用。炒锅上旺火,放油烧至八成热,投入腐竹,炸至呈金黄色时,倒入漏勺,沥干油。原锅留适量底油,放入葱花、生姜丝、胡萝卜丝、黄瓜丝,投入炸好的腐竹,烹入事先兑好的汁,颠翻两下,出锅即成。

【功用】清肺化痰,利湿减肥。

【提示】①此菜特点为咸酸鲜甜,味美可口。②干品腐竹要用凉水浸6小时。

香炸仔鸡

【原料】光仔鸡1只(重约1 000克),鸡蛋2个,面粉25克,面包粉50克,虾仁100克,熟火腿末5克,绿叶菜末5克,精盐2克,番茄酱25克,黄酒10克,味精1克,胡椒粉1克,植物油500克(实耗50克)。

【制作】将鸡从尾部沿脊背剖至颈部,剥开,在宰口处斩断骨节,抽去颈骨,再剔去脊骨、胸骨、翅骨和腿骨,斩去鸡脚、鸡腔,洗净沥干水分。使鸡腿、鸡脯向上,扒开,用刀背在鸡脯和腿上先横后竖轻轻顺排。在鸡的皮面上扑匀面粉,抹一层蛋黄,再沾满面包粉。在鸡的肉面上用味精、精盐、川椒粉搓匀。将虾仁斩茸置碗中,加鸡蛋清、黄酒、味精、精盐拌匀。炒锅上火,放油烧至八成热,将鸡皮面朝下入油锅炸熟,离火,用漏勺捞出。在鸡腿的一面均匀铺上虾茸,撒上绿叶菜末及火腿末。将油锅复上火,使鸡皮朝下入锅略炸,用漏勺捞出改刀切成块,按整鸡形状排列装盘。盘边放番茄酱蘸食。

【功用】益气强身,补精添髓。

【提示】①此菜特点为色泽鲜艳,皮酥肉嫩,味香鲜美。②炸鸡要注意火候和时间,既要炸熟,又不能过时,要保持鸡肉鲜嫩;蛋糊面包应炸脆,但不能炸焦。③凡感冒发热及内火偏旺,患有热毒疖肿者忌食。

裹炸鸭子

【原料】净光仔鸭1只,鸡蛋2只,面粉150克,精盐3克,味精2克,黄酒25克,酱油50克,白糖15克,花椒盐1.5克,番茄酱25克,葱1根,生姜1块,植物油500克(实耗约50克),麻油50克,大茴香2粒。

【制作】将光鸭洗净,放沸水锅内烫去血沫,捞出洗净,再放入清水锅内加精盐、黄酒、酱油、白糖、大茴香、生姜、葱,上旺火烧沸,改用小火炖至酥透,取出冷却。将鸡蛋打入碗内调散,加入面粉、味精调匀成蛋糊。将熟仔鸭放砧板上,斩去头脚,剔去胸、脊、腿骨、膀、翅、颈骨。取盘1只,盘内放入麻油,将调好的蛋糊的一半倒入盘中。将鸭肉平铺在蛋糊上,剩余的蛋糊再均匀的倒在鸭肉上,用手抹匀待炸。炒锅上火,放油烧至七成热,将鸭子从锅边轻轻滑入锅内,并用手勺轻轻推动,将鸭子翻身、炸成蛋黄色捞起,待油温升至八成热,将鸭肉入锅重炸,呈金黄色时倒入漏勺沥油。将炸好的鸭肉放砧板上,先切成3条,再逐条改刀切成一字条块。装盘,堆成桥梁形,两边放番茄酱、花椒盐蘸食。

【功用】补阴养血,养胃清肺。

【提示】①此菜特点为外壳酥脆,酥烂鲜香。②鸭子炸前一

定要挂糊均匀,炸时油温不宜过高。③凡受凉引起的不思饮食、腹部疼痛、腹泻清稀、腰痛、痛经等症状的人,暂不要食用鸭肉,以免加重病情。

炸桂花鳝

【原料】鳝鱼750克,小葱花2.5,生姜末5克,鸡蛋2个,精盐5克,白糖2.5克,黄酒5克,花椒盐1克,面粉15克,干淀粉35克,植物油500克。

【制作】选用中等大的鳝鱼,宰杀后去内脏洗净,剔去骨、皮,剁去头尾。将鱼身片成小片放在碗内,加入葱花、生姜末、黄酒、白糖、精盐抓拌均匀,再加入鸡蛋,加面粉和干淀粉拌匀。炒锅上旺火,放油烧至七成热,将拌好的鱼片一片片下锅,炸至淡黄色时捞出装盘,撒上花椒盐即成。

【功用】强精增肌,健脾开胃。

【提示】①此菜特点为鱼肉水分损失小,质地嫩而鲜,鸡蛋糊炸后呈淡黄色,如桂花点点附着。②浸炸时油温宜高不宜低,受热要均匀。③原料必须选用活鳝鱼,鳝鱼死后分解快,吃之容易引起组胺中毒症状。

芝麻鸡排

【原料】鸡脯肉200克,熟肥膘肉120克,生肥膘肉50克,鸡蛋5个,芝麻5克,精盐3克,味精0.5克,黄酒15克,葱姜汁10

克,白胡椒粉 1 克,花椒盐 10 克,干淀粉 3 克,甜面酱 10 克,植物油 100 克。

【制作】将鸡脯肉、生肥膘肉切碎用刀背砸松,再剁成泥,加入鸡蛋清、干淀粉 1.5 克、精盐、味精、白胡椒粉、葱姜汁搅拌均匀备用。将熟肥膘肉片成 0.1 厘米厚、4 厘米长、2 厘米宽的片放在砧板上,撒匀干淀粉,上面涂匀鸡肉泥,再抹上鸡蛋清,两面沾满芝麻成鸡排生坯。炒锅上中火,放油烧至五成热,将鸡排生坯逐片放入油锅中,炸至浮起时捞出装盘即成。上桌时带花椒盐、甜面酱。

【功用】滋阴养颜,健脾益胃。

【提示】①此菜特点为鸡排肉质细嫩,味鲜,不腻口,有芝麻香味。②炸制油温不宜过高,要小火慢炸。③血脂增高者忌食。

软熘鸭心

【原料】鸭心 400 克,荸荠 150 克,青柿椒 100 克,鸡蛋 2 个,葱花 10 克,生姜末 6 克,蒜茸 3 克,精盐 10 克,味精 5 克,白糖 8 克,酱油 20 克,黄酒 10 克,醋 3 克,植物油 100 克,胡椒粉 3 克,麻油 5 克,泡红椒 10 克,湿淀粉、鲜汤各适量。

【制作】将鸭心切掉心头的筋络,一剖两半,在每块里层剞上十字花刀,深至 4/5。荸荠去皮,用刀轻轻拍成块。青椒去子洗净,切成鸭心形的小丁。鸭心加入精盐、鸡蛋清、湿淀粉拌好。取碗 1 只,放入黄酒、酱油、白糖、胡椒粉、味精、鲜汤、湿淀粉,兑成汁。炒锅上火,放油烧热,下鸭心滑透,倒入漏勺中。另烧少许热油,下青椒、荸荠、泡红椒略炒几下,下葱花、生姜末、蒜茸炒匀,倒

入鸭心,接着把兑好的汁搅匀倒入锅内用手勺推动,翻炒均匀,淋上麻油、香醋,盛入盘内。

【功用】补血宁心,清肺化痰。

【提示】①此菜特点为鸭心软嫩,味带甜酸。②鸭心用刚从鲜鸭中取出者为佳。鸭心滑油时间不宜过长。调味时动作要快,在锅内停留的时间越短越好。③鸭心胆固醇含量偏高,不宜过多食用。

爆肫花

【原料】鸭肫 5 只,鸡蛋 1 个,蒜头 4 瓣,黄酒 25 克,精盐 2 克,味精 2 克,干淀粉 1 克,湿淀粉 2 克,鲜汤 50 克,植物油 500 克(实耗约 50 克)。

【制作】将鸭肫剥去内金,蒜瓣分别洗净沥干。鸡蛋清放入碗内、调散。鲜汤放入碗内加黄酒、味精、精盐、湿淀粉调成卤汁。将鸭肫切成 4 片,铲去外皮,顶刀交叉直剞约 3/4 深度的花纹,放鸡蛋清碗内,加黄酒、干淀粉、味精、精盐,搅拌均匀,放入盘内。蒜瓣用刀面拍松,切成米粒状、放肫花盘内。炒锅上火,放油烧至八成热,将肫花放入锅内过油,待花纹张开,肫呈微白,倒入漏勺中沥油。炒锅复上火,将卤汁倒锅内,再将肫花入锅,用手勺推动,晃动炒锅,加蒜米,再推动翻身,淋上明油,起锅装盘即成。

【功用】滋阴健脾。

【提示】①此菜特点为肫花脆韧,汁白油润,味香可口。②鸭肫在油炸时油温不宜太沸,在五成油温中可稍炸一下,使兰花肫内外受热均匀,熟嫩一致。

蒜爆鸡丝草鱼卷 ❧

【原料】草鱼中段肉 200 克,鸡脯肉 50 克,香菇 15 克,大葱 25 克,生姜 15 克,蒜茸 10 克,鸡蛋清 1 个,植物油 350 克(实耗 75 克),干淀粉 40 克,精盐 3 克,黄酒 10 克,味精 1 克,胡椒粉 1 克,湿淀粉 15 克,麻油适量。

【制作】将草鱼肉切成 4 厘米长、2 厘米宽的夹刀薄片。将鸡脯肉切成细丝,加入精盐、黄酒、味精、湿淀粉拌匀;香菇切成丝;葱、生姜各取一半切成丝,其余葱切荸荠形,生姜切片。鱼皮朝上,置于盘里,然后根据鱼片数量将鸡丝、香菇、葱花、生姜丝分成相应的等份,横置鱼皮上,将鱼片卷紧,接缝处用蛋粉糊封口,手上沾少许干淀粉,将鱼片轻轻搓紧,置盘中待用。将精盐、黄酒、味精和适量鲜汤同置碗中,兑成调味芡汁。炒锅上火,放油烧至六成热,投入鱼卷,使鱼卷自然散开,待其熟时取出沥油。原锅内留底油少许,投入葱花、生姜末、蒜茸煸香,随即倒入调味芡汁,视其浓稠时,浇入少许热油将汁烘起,投入鱼卷,翻裹均匀装盘。

【功用】健脾开胃,健脾止泻。

【提示】①此菜特点为色泽红亮,鱼卷完整,鲜嫩适口。②鱼片成形要大小、薄厚均匀一致。卷制鱼卷时,要均匀等份,并要卷紧以避免松散。③浸炸鱼卷时要掌握好油温,鱼卷和头尾炸制颜色应一致。

芹菜香菇炒墨鱼 ❧

【原料】鲜芹菜 300 克,香菇 10 克,鲜墨鱼肉 100 克,黄酒 30

克,精盐 2 克,味精 1 克,麻油 30 克。

【制作】先将香菇用水泡开去蒂洗净,切丝。芹菜摘去叶,割去根,洗净后切成 2 厘米长的段。在锅中加水 1 000 克,烧开后加入黄酒,然后将洗净并切成丝的墨鱼肉放入锅中煮 1 分半钟,捞出备用。炒锅上旺火,放油烧至八成热,加入精盐、芹菜翻炒 3~4 分钟,再放入香菇丝和墨鱼丝继续翻炒 2 分钟,撒上味精即成。

【功用】养血滋阴,健脑强身。

【提示】①此菜特点为脆爽味美。②刀工要精细,各料要切得均匀一致。用旺火急炒烹制。

腐干炒蒜苗

【原料】蒜苗 250 克,豆腐干 200 克,植物油 40 克,精盐 3 克,味精 3 克,花椒粉 3 克。

【制作】将蒜苗去杂洗净,切成 3 厘米长的段,豆腐干切丝,放在开水锅里烫一下,捞出控净水分,放在小盆内。将油放入锅内,热后,放入花椒粉,下入豆腐干丝,加清水适量,将豆腐干丝炒拌开,待汤汁炒干出锅。炒锅上火,放油烧热,将蒜苗投入锅内,煸炒几下,下入豆腐干丝,加入精盐、味精,炒拌均匀即成。

【功用】益气和中,解毒行滞。

【提示】①此菜特点为豆腐柔软,蒜苗碧绿。②蒜苗刺激性较大,有胃病的人最好少吃。

滑炒腐竹瓜片

【原料】黄瓜 200 克,水发腐竹 200 克,湿淀粉 15 克,植物油 800 克(实耗约 50 克),葱花、生姜丝、蒜片、精盐、味精、酱油、醋、鲜汤各适量。

【制作】将水发腐竹切成 4 厘米长的段,装碗用湿淀粉上浆。将黄瓜切成 3 厘米长、1 厘米宽、薄薄的象眼片。炒锅上旺火,放油烧至五成热,投入腐竹划散,倒入漏勺,控油。原锅留少许底油,放入葱花、生姜丝、蒜片,炒至出香味后,投入黄瓜片煸炒,炒至八成熟时投入腐竹,添入适量鲜汤,再加入精盐、味精、酱油、醋,烧开后用湿淀粉勾芡,淋上明油即成。

【功用】补益脾胃,清热利尿。

【提示】①此菜特点为味美可口。②腐竹放在水中要多次挤捏,以除去部分豆腥味。

豆豉炒苦瓜

【原料】豆豉 50 克,苦瓜 400 克,红辣椒 1 个,酱油 10 克,白糖 15 克,麻油 10 克,植物油 50 克,素鲜汤 50 克,精盐、味精各适量。

【制作】将苦瓜削去瓜蒂洗净,切成 4 厘米长、2 厘米宽、1 厘米厚的块,加入适量的精盐拌匀,腌约 10 分钟,放入沸水锅中焯一下,捞出控净水。将豆豉用清水洗净,沥净水分,红辣椒去掉蒂和子,切碎。炒锅上中火,放油烧热,下辣椒、豆豉炒出香味,放入苦

瓜煸炒几下,放入酱油、白糖、素鲜汤,收至汤水将尽时淋上麻油翻匀,装入盘中即成。

【功用】开胃消食,清暑美容。

【提示】①此菜特点为清香略苦,豉香浓郁,清爽可口。②苦瓜盐腌后用开水焯烫,可减轻苦味。③脾胃虚寒者不宜食用苦瓜。

鱼香茄子

【原料】茄子500克,精盐2克,味精1克,黄酒15克,湿淀粉20克,豆瓣酱20克,白糖25克,醋20克,酱油15克,葱花25克,生姜末5克,蒜茸20克,植物油500克(实耗约75克)。

【制作】将茄子洗净,削皮,切成2厘米见方的块,表面剞上十字花刀。将醋、白糖、酱油、精盐、味精、黄酒、湿淀粉兑好汁,豆瓣酱切细。炒锅烧热油,将茄子炸成浅黄色,捞出。锅中留油少许,下豆瓣酱、葱花、生姜末、蒜茸煸炒,待出香味,倒入兑好的汁,炒熟,放茄子炒匀即成。

【功用】清热消肿,祛风通络,利尿解毒。

【提示】①此菜特点为茄花细嫩,鲜咸甜酸,色泽红亮。②脾虚泄泻、消化不良者不宜多食。

三丝掐菜

【原料】绿豆芽200克,水发香菇25克,胡萝卜25克,黄瓜

25 克,生姜丝 3 克,植物油 50 克,花椒油 10 克,黄酒 10 克,素鲜汤 20 克,精盐、味精适量。

【制作】将绿豆芽掐去根,即为掐菜,用清水洗净沥净水分。香菇去蒂洗净切成细丝。胡萝卜洗净剥去皮,切成 4 厘米长、0.2 厘米粗的丝;带皮黄瓜切成 4 厘米长的细丝。炒锅放在旺火上,放油烧热,放生姜丝炒出香味,随即放入掐菜、香菇、瓜皮、萝卜丝,翻炒几下,再放黄酒、精盐、素鲜汤、味精,炒至掐菜断生脆嫩时淋上花椒油翻匀起锅装入盘中即成。

【功用】清热解暑,利水减肥。

【提示】①此菜特点为色彩鲜艳,脆嫩清口。②绿豆芽炒的时间不能过长,以保证脆嫩。③化肥催发的豆芽不宜食用。

翠玉鸽丝

【原料】鸽脯肉 250 克,洋葱 200 克,青椒 1 个,火腿 15 克,植物油 50 克,鸡蛋清、精盐、淀粉、麻油各适量。

【制作】先将鸽肉切成细丝拌入鸡蛋清、精盐、淀粉、麻油原料中。炒锅上火,放油烧至八成热,倒入鸽丝,快炒数下,待肉丝变成白色,倒入漏勺沥油。锅中留油烧热,将洋葱、青椒、火腿或香肠细丝倒入,翻炒几次,加入精盐。将炒好的肉丝倒入拌匀,沥去余汤装盘即成。

【功用】补肾温阳,活血降脂。

【提示】①此菜特点为味美咸鲜,爽口滑嫩。②吃洋葱过多易胀气、产气,其气味令人不快。在切洋葱时,它还能散发出有强烈的刺激性的气体,能刺激人的眼睛流泪,这种刺激性的气味来源

于二烯丙基二硫化物和二烯丙基硫醚,此二物能与泪水结合生成微量的硫酸和乙醛,令人双目难受和睁不开。为避免洋葱对眼睛的刺激,可把洋葱浸在水里切,使散发出的气体溶解在水里。

青椒炒黑鱼片

【原料】黑鱼肉400克,青椒150克,鸡蛋2个,黄酒、精盐、味精、酱油、胡椒粉、蒜茸、葱花、生姜末、白糖、植物油、鲜汤、湿淀粉各适量。

【制作】将黑鱼肉洗净去刺,片成鱼片,放入碗中,加入精盐、黄酒、味精、鸡蛋清、胡椒粉、湿淀粉调匀上浆。青椒去杂洗净,切成片。取碗1只,放入酱油、黄酒、精盐、味精、白糖、蒜茸、鲜汤、湿淀粉,调成味汁。炒锅上火,放油烧至五成热,放入鱼片滑透,捞出控油,再将青椒放入油锅中稍滑,倒出控油。锅内留底油,放葱、生姜煸香,倒入黑鱼片、青椒和兑好的调味汁,烧至鱼片入味,出锅装盘即成。

【功用】温中散寒,开胃消食。

【提示】①此菜特点为鱼肉鲜嫩,色味俱佳。②黑鱼性寒,脾胃虚寒者食用时宜多加生姜或辣椒等调料。

姜花炒鳝片

【原料】新鲜鳝鱼片300克,生姜块150克,精盐3克,味精2克,黄酒15克,酱油10克,胡椒粉3克,白糖4克,蒜片20克,麻油5克,植物油500克(实耗约75克),湿淀粉、葱花、生姜末各适量。

【制作】将鳝鱼片清洗干净,改成菱形片,加精盐、黄酒、湿淀粉浆匀。生姜洗净,切成燕形片。取碗1只,放入精盐、味精、黄酒、酱油、胡椒粉、白糖、湿淀粉,调成汁芡。炒锅上火,放油烧至五成热,下鳝片滑熟,倒出沥油。锅留底油,下入葱花、生姜末、蒜片炒香,倒入鳝片,加入芡汁颠翻炒匀,出锅淋上麻油即成。

【功用】温脾暖胃,祛风散寒,发汗解表,强筋壮骨。

【提示】①此菜特点为鳝片鲜嫩,入口香醇,明汁亮泽。②凡是有口渴咽干、唇舌干燥、大便秘结、尿少而黄等阴虚内热症状者应慎食鳝鱼,外感发热、疟疾、痢疾患者以及腹部胀满的人应忌食鳝鱼。一次食用鳝鱼不宜过多,逾食鳝鱼不容易消化。

翠衣炒鳝鱼

【原料】黄鳝120克,西瓜翠衣150克,芹菜150克,葱花、生姜末、蒜茸、麻油、精盐、味精各适量。

【制作】将黄鳝活剖,去内脏、脊骨及头,用少许精盐腌去黏液,放入沸水锅内烫一下,过凉水洗去血腥,切成段。将西瓜翠衣放入清水中洗净,切成条状,沥干水,待用,将芹菜去根及叶,清水洗净,切成小段,下入热水锅中焯一下,捞起,沥干,备用。炒锅上旺火,放麻油烧热,下葱花、生姜末、蒜茸爆香,再放入鳝鱼片,用旺火炒至半熟时,放入西瓜翠衣条、芹菜翻炒至熟,加入少许精盐、味精调味,用湿淀粉勾芡即成。

【功用】平肝降压,清热消暑。

【提示】①此菜特点为翠绿香脆,鲜美可口。②鳝鱼死后蛋白质的降解程度比其他鱼类为高,因此组胺较多,食之很快就会出现组胺中毒症状,轻则头晕、头痛、心慌、胸闷,重则呼吸急迫、心跳加快、血压下降,有的人还可出现哮喘、恶心呕吐、腹泻、口舌和四肢发麻、风疹块等。

丝瓜虾仁 ❦

【原料】虾仁 50 克,丝瓜 200 克,鲜蘑菇 20 克,鸡蛋 1 个,黄酒、精盐、味精、淀粉、鲜汤、植物油各适量。

【制作】将丝瓜去皮洗净切成粗条。鲜蘑菇洗净切成片。虾仁洗净沥干水分,放入碗中,加鸡蛋、黄酒、精盐、味精、白糖拌匀入味,加入干淀粉上浆。炒锅上火,放油烧至四成热,放入虾仁、蘑菇片划散至熟,倒入漏勺中沥油。锅内留余油,投入丝瓜煸炒至软,加入精盐、味精,使之入味,倒入漏勺中沥去水分,盛入盆中。原锅放鲜汤、虾仁、精盐、味精,烧沸后用湿淀粉勾稀芡,浇在丝瓜上即成。

【功用】清心凉血,补肾壮阳,减肥美容。

【提示】①此菜特点为丝瓜碧绿,虾仁白嫩。②丝瓜性寒,脾虚便溏者慎食。

生炒仔鸡 ❦

【原料】仔鸡 1 只(重约 1 000 克),葱花 5 克,生姜末 5 克,蒜茸 50 克,精盐 4 克,白糖 1 克,酱油 5 克,味精 0.2 克,黄酒 2 克,湿淀粉 5 克,鸡汤 50 克,植物油 500 克(实耗约 50 克)。

【制作】 将仔鸡宰杀后烫洗干净,除去内脏,清水洗净。从脊背处剖开,用刀拍碎胸骨,剔去腿骨,并将鸡肉剁成鸡丁。炒锅上旺火,放油烧至五成热,投入鸡丁炸至略黄捞出。原锅置旺火上加油少许,放入葱花、生姜末、蒜茸,煸炒出香味,加入鸡汤、精盐、味精、黄酒、酱油、白糖和鸡丁,加盖焖 3 分钟左右,然后用湿淀粉调稀勾芡,翻炒起锅即成。

【功用】 滋阴养血,温中益气,补精养髓。

【提示】 ①此菜特点为色红润,味鲜嫩。②鸡丁下油锅炸后要嫩而不见血色。

蚝油空心菜

【原料】 空心菜 500 克,植物油、蚝油、精盐、黄酒、味精、葱花、生姜末、蒜茸各适量。

【制作】 将空心菜摘洗干净,放在加适当油的沸水锅中烫透,捞出控净水分放在盘中。炒锅放底油加热,下葱花、生姜末、蒜茸炝锅,加黄酒、蚝油、精盐和适量鲜汤烧开,淋芡汁煸炒,倒入焯过的空心菜,加味精,翻炒均匀,淋麻油,出锅装盘上桌即成。

【功用】 清热解毒,凉血利尿。

【提示】 ①此菜特点为软嫩滑润,碧绿爽口。②焯空心菜时沸水加油目的是使焯过的空心菜光亮碧绿。焯时火要旺,要烫透。③炒空心菜要旺火速成。倒入空心菜前勾芡要薄。

青椒鱿鱼丝

【原料】青椒 250 克,鲜鱿鱼 250 克,植物油、精盐、味精、黄酒、湿淀粉、葱花、生姜末各适量。

【制作】将青椒洗净去蒂、子,一劈两半,顶刀切成约 3 毫米粗细的丝。鱿鱼摘洗干净,一劈两片,先顺其纤维组织走向,用拉刀剞一遍,间距为 4 毫米,深度为 2/3,再用直刀法顶刀切成 6 厘米长,3~4 毫米粗的丝备用。用小碗加精盐、味精、黄酒、鲜汤和湿淀粉调匀,兑成白色芡汁。将青椒丝和鱿鱼丝分别下沸水锅中焯烫一下捞出,控净水分。炒锅上火,放油烧热,下葱花、生姜末焅锅,煸炒出香味后,下焯好的青椒丝和鱿鱼丝,泼入兑好的芡汁,翻炒均匀,淋明油,出锅装盘上桌即成。

【功用】滋阴养血,润燥生津,开胃消食。

【提示】①此菜特点为脆嫩滑润,清香爽口。②鱿鱼经上法切丝、焯水后呈齿轮卷曲形;青椒丝呈波浪形,成菜造型新颖美观。③芡汁要调准口味,鲜香宜人。④煸炒要旺火速成。

黄瓜酿肉

【原料】黄瓜 500 克,猪肉 250 克,玉兰片 50 克,鸡蛋 1 个,植物油 40 克,酱油 20 克,精盐 2 克,味精 1 克,葱花 10 克,生姜末 5 克,湿淀粉 6 克,鲜汤 50 克,麻油、干淀粉各适量。

【制作】将黄瓜洗净,削去皮和尖端,切成 3 厘米长的段,用小刀挖去瓤,使其形成空筒状,用适量精盐将黄瓜段拌匀,稍腌片刻后,用洁布吸干黄瓜上的水分。玉兰片切成绿豆大小丁。猪肉切碎斩细,放入碗中,加入酱油、精盐、味精、葱花、生姜末、玉兰片丁、湿淀粉,打入鸡蛋,搅拌成馅。在黄瓜内壁上撒匀一层干淀粉,然后将肉馅瓤入黄瓜内,两头用手抹平。将平底锅烧热擦净,放油烧热后将锅取下,将瓤好馅的黄瓜码在锅内,然后再将锅放回炉上,用中火将黄瓜两面煎至浅黄色时,往锅内添入鲜汤,随即盖上锅盖,焖2~3分钟,将汤汁焖尽,淋上麻油即成。

【功用】 滋阴养颜,清热润燥。

【提示】 ①此菜特点为馅鲜软嫩,清淡利口。②要选用嫩黄瓜做原料。刮皮时要适当保留绿色,以增加色泽。③填馅时表面要抹平,否则影响外观。煎时火不能太大。

白汁鱼盒

【原料】 净鳜鱼肉400克,猪里脊肉100克,水发香菇10克,熟火腿10克,松子仁5克,鸡蛋清1/2只,香菜叶2根,精盐2克,干淀粉30克,湿淀粉2克,味精2克,黄酒10克,鲜汤150克,植物油250克(实耗约50克)。

【制作】 将鳜鱼肉切成32个鱼丁,逐个蘸满一层干淀粉。在砧板上放干淀粉少许,再放上鱼丁,轻轻转敲成直径4厘米的圆形薄片,用刀修齐毛边。将猪肉斩茸。将香菇、松子仁、火腿切成细末待用。炒锅上火,放油烧热,将肉茸、松子仁、香菇、火腿末,下锅略炒,加精盐、味精、鲜汤,用湿淀粉勾芡炒干,起锅盛于盘内,冷后分成16份,放在鱼肉圆片中间,边沿抹上鸡蛋清,再盖上一块鱼肉圆片,合起捏成花边成鱼盒。鱼盒上面抹少许鸡蛋清,贴上火腿、香菜、香菇

末,放盘内待用。炒锅上火,放油烧至六成热,将鱼盒逐个加入,煎至鱼色变白,倒入漏勺中沥油。炒锅复上火,加入鲜汤,放入鱼盒,加精盐、味精、黄酒烧沸,用湿淀粉勾芡,淋上麻油,起锅装盘即成。

【功用】 补益气血,强身健体。

【提示】 ①此菜特点为色彩艳丽,形似酥盒,鱼肉鲜嫩,汁清味美。②敲鱼时,干淀粉用量不宜多,以不黏砧板为准,必须用小木槌敲制,薄而成形。

鳝鱼煮豆干

【原料】 豆腐干300克,鳝鱼500克,熟鸡肉50克,熟火腿50克,植物油500克(实耗约50克),豌豆苗50克,葱花、生姜丝、精盐、黄酒、味精、鲜汤、鸡油各适量。

【制作】 将鳝鱼加工后选用肚皮肉,用手撕成条,鸡肉、火腿肉均切成丝,豌豆苗择洗干净,豆腐干先片成薄片,铺成梯形,再改切成细丝。鳝鱼用开水焯透捞出,控去水分。炒锅上火,放油烧热,将鳝鱼丝放入油锅中炸成脆鳝样,捞出放入温水碗内泡软。锅内留少许底油,上火烧热,投入葱花、生姜丝,煸出香味,加入鲜汤,将泡软的鳝鱼丝放入锅内煨烂。将豆腐干丝放入盆内,倒入开水浸泡,水凉后再换开水,这样反复换2~3次。炒锅上火,放油烧热,加入鲜汤,将煨好的鳝鱼丝除去葱花、生姜丝、连汤一起倒入锅内,加入黄酒、精盐,将干丝捞入,加油用大火烧之,待汤呈奶色,淋入鸡油,放入味精,盛入汤碗内,撒上鸡肉丝、火腿丝,豌豆苗用开水烫一下,撒在上面即成。

【功用】 补气增力,强壮筋骨。

【提示】①此菜特点为汤浓味鲜,软糯可口。②豆腐干切好后放在开水中浸泡,可去掉干丝的豆腥味,并能保持较好的质地。③鳝鱼必须鲜活,死鳝鱼不能食用。

鸭血煮豆腐

【原料】鸭血500克,鲜豆腐300克,鲜汤1 000克,红辣椒1个,葱花、生姜末、蒜茸、植物油、精盐、黄酒、酱油、味精、胡椒粉、麻油各适量。

【制作】将鸭血洗净切成2厘米见方的丁。鲜豆腐切成同样大小的丁,均入沸水中焯过待用。生姜去皮切末,蒜瓣切末,红辣椒去子切成小的菱形片待用。炒锅上火,放油烧热,下生姜末、蒜茸、红辣椒煸香,注入鲜汤,用适量精盐、黄酒、酱油、味精调味,倒入鸭血丁和豆腐丁,煮沸,一起倒入沙钵中,加盖用小火煮10分钟,启盖撒入胡椒粉和葱花,滴上几滴麻油即成。

【功用】补中益气,养血嫩肤。

【提示】①此菜特点为软嫩适口,口味浓厚。②熟血不宜多煮,否则易变老无味。③平素脾阳不振,寒湿泻痢者忌食。

滚龙丝瓜

【原料】丝瓜500克,鲜蘑菇100克,植物油250克(实耗约25克),精盐、味精、黄酒、麻油、葱花、生姜末各适量。

【制作】将丝瓜刮净外皮,洗净平放案板上,先顶刀切平行刀

纹,以切入 4/5 深度、丝瓜不断为好,然后将丝瓜翻过来,斜刀再切深度为 4/5 的平行刀纹。蘑菇斜刀片成片。炒锅上旺火,放油烧至六成热,即下丝瓜滑油,捞出控油。炒锅内留适量油,放入葱花、生姜末炝锅,烹入黄酒,下入蘑菇片煸炒一下,加入清水 100 克烧沸,然后放入丝瓜、精盐、味精,烧至入味,将丝瓜、蘑菇捞出盛入汤盘内,炒锅的汁水用淀粉勾成米汤样稀芡,淋上麻油,浇在丝瓜上面即成。

【功用】 补脾益气,清热凉血。

【提示】 ①此菜特点为清淡爽口,色泽翠绿。②丝瓜要选用青嫩者,刀工要精细、均匀。

酱烧苦瓜

【原料】 苦瓜 500 克,面酱 10 克,酱油 5 克,鲜汤 50 克,植物油 20 克,精盐、味精、黄酒、白糖、湿淀粉、麻油各适量。

【制作】 将苦瓜用水洗净,切去两头蒂尖细部分,顺长一剖为二,挖去瓜瓤,切成长约 3 厘米、宽为 1 厘米的条,撒少许精盐略腌后控水。炒锅上旺火,放油烧至六成热,下入面酱炒散出香味,随即下入精盐、白糖、苦瓜翻炒几下,然后加入鲜汤、酱油,加热至苦瓜上色入味,然后加入味精,用湿淀粉勾芡后收汁,起锅装盘即成。

【功用】 消暑清热,健中开胃。

【提示】 ①此菜特点为清鲜微苦,酱香味浓。②苦瓜加盐略腌后去水可减轻苦味。③食用苦瓜好处虽多,但脾胃虚寒者不宜多食,以免食后导致吐泻、腹痛。孕妇亦不宜食用。

豆腐茸豌豆 ❧❧❧

【原料】嫩豆腐 150 克,豌豆 200 克,素鲜汤 100 克,植物油 100 克,精盐、麻油、味精、白糖、湿淀粉、干淀粉各适量。

【制作】将嫩豆腐去水,过铜筛,加精盐、味精、干淀粉拌和上劲待用。炒锅上火,放油烧至三成热,倒入豆腐用中火煸炒成茸状倒入碗中。热锅内放油烧热,倒入豌豆、素鲜汤、精盐、味精、白糖烧开,倒入豆腐茸,用湿淀粉勾芡,淋上麻油,起锅装盘即成。

【功用】益气利水,调和脾胃。

【提示】①此菜特点为洁白翠绿,味似鸡茸。②豌豆要选用鲜嫩的原料。

冬瓜烧香菇 ❧❧❧

【原料】冬瓜 500 克,香菇 30 克,甜面酱 25 克,味精 2 克,酱油 25 克,湿淀粉 25 克,素鲜汤 200 克,植物油 500 克(实耗约 50 克),精盐、黄酒、葱花、生姜末、麻油、白糖各适量。

【制作】将冬瓜去皮、去子、去瓤洗净,切成块状。香菇除去杂质,摘去根洗净,用温水泡发好。炒锅上火,放油烧至七成热,将冬瓜倒入油中略炸一下,捞出沥净油。将锅内油倒出,并留适量底油,油热后,下葱花、生姜末炝锅,放甜酱炒出香味,倒入香菇略炒,加酱油、白糖、精盐,烹黄酒、下味精,倒入素鲜汤烧开,再将冬瓜倒入继续烧开,待冬瓜烧透入味,用湿淀粉勾芡,颠翻一下,淋上麻油,起锅装盘即成。

【功用】益气消渴,减肥轻身。

【提示】①此菜特点为冬瓜酥烂,香菇鲜香,汤汁酱香。②选择冬瓜以体大肉厚为好;香菇要发透。

红烧甲鱼

【原料】甲鱼 1 只(重约 750 克),猪五花肉 50 克,冬笋 25 克,水发香菇 25 克,精盐 3 克,酱油 30 克,味精 2 克,黄酒 15 克,葱段 3 克,生姜 3 克,蒜片 3 克,植物油 50 克,白糖 5 克,湿淀粉 20 克,醋适量。

【制作】将甲鱼宰杀后从头颈处割开,剖腹抽去气管,去内脏,斩去脚爪,入沸水锅中出水,取出刮去背壳上的黑釉膜,剁成数块。猪肉、冬笋均洗净切片,香菇入沸水锅内焯一下,捞起沥水。炒锅上火,放油烧热,放入生姜片、蒜片、葱段、甲鱼块煸炒,再下入猪肉片、冬笋片、香菇略炒,再下入酱油、黄酒、白糖、味精、精盐、醋,并加清水适量,旺火烧沸后撇去浮沫,转小火加盖焖约 30 分钟,待肉软烂、汤汁稍稠时,用少许湿淀粉调稀勾芡,淋上麻油,装盘即成。

【功用】补益气血,滋养五脏,抗癌消块。

【提示】①此菜特点为色泽琉璃,红亮肥糯,酥烂香醇,鲜美爽口。②甲鱼初加工应彻底刮洗干净,烹制时宜重姜、葱、黄酒等除腥高料,焖烧过程中要防汤水烧干。③脾胃阳虚忌吃甲鱼肉。死甲鱼不宜食用,因为甲鱼死后细菌可迅速使其蛋白质分解,其中的一些细菌会将组氨酸转化成为组胺,人吃后几分钟到几十分钟内发病,因此死鳖当弃之勿惜。④甲鱼肉油腻难消化,患有消化系统疾病者不宜食用。

丝瓜虾仁

【原料】丝瓜 150 克,虾仁 30 克,鸡蛋清 1 个,黄酒、精盐、味精、淀粉、鲜汤、植物油各适量。

【制作】将丝瓜去皮洗净切成粗条。虾仁洗净沥干水分,放入碗中,加鸡蛋清、黄酒、精盐、味精、白糖拌匀入味,加入干淀粉上浆。炒锅上火,放入油烧至四成热,放入虾仁划散至熟,倒入漏勺中沥油。锅内留余油,投入丝瓜煸炒至软,加入精盐、味精,使之入味,倒入漏勺中沥去水分,盛入盆中。原锅放鲜汤、虾仁、精盐、味精,烧沸后用湿淀粉勾薄芡,浇在丝瓜上即成。

【功用】清暑利尿,减肥美容。

【提示】①此菜特点为虾仁白嫩,丝瓜软糯。②新鲜虾的体内含有虾红素,与蛋白质结合后多呈青色或青白色。随着时间的延长,虾体中的蛋白质会在酶和微生物的作用下,逐渐水解,虾红素便逐渐分解出来,使虾体变红,此时虾的质量明显下降。凡是变质、变红、串血水、节间松弛,或有异常气味的生虾则不宜购买食用。③过敏性鼻炎、支气管哮喘、反复发作性过敏性皮炎、癣症、湿疹、过敏性腹泻等患者,约有 20% 的病人可由食物刺激而发作,而小儿则可高达 56%,其中最常见的刺激食物就是河虾。

玉珠鲜蘑

【原料】冬瓜 400 克,鲜蘑菇 200 克,水发海米 50 克,鲜汤

100 克,植物油 300 克(实耗约 25 克),精盐、味精、黄酒、葱姜汁、湿淀粉、麻油各适量。

【制作】将冬瓜去皮洗净,先切成 3 厘米见方的块,再修削成球状。大蘑菇去蒂洗净,用手撕成长条;小的蘑菇保持整形。炒锅上旺火,放油烧至六成热,放入冬瓜炸至断生,捞出控油。炒锅内留少许油,烧至五成热,烹入黄酒,加入葱姜汁、鲜汤、精盐、味精、鲜蘑菇、冬瓜球、海米烧沸,撇去浮沫,烧至原料入味,用湿淀粉勾稀芡,然后淋上麻油,搅匀即成。

【功用】滋阴润燥,补肾减肥。

【提示】①此菜特点为鲜蘑滑嫩,冬瓜软烂,清鲜味醇。②刮冬瓜皮时要保留一些绿色,使成品颜色碧绿。冬瓜切形要圆如球形。

豆芽烩海蜇

【原料】海蜇皮 200 克,绿豆芽 200 克,葱花、植物油、黄酒、鲜汤、味精、精盐各适量。

【制作】海蜇皮洗净,下沸水锅,用小火煮至柔软松酥状态,捞起放入清水中浸漂,清除明矾和砂粒,待其恢复原来的体积后切成丝。将绿豆芽洗净备用;葱洗净切成丝。炒锅内加油烧热,将葱花爆炒后倒入豆芽翻炒,加黄酒、鲜汤和精盐,烧沸后放入海蜇丝,沸后加味精搅拌即成。

【功用】清热化痰,消积润肠。

【提示】①此菜特点为清淡咸鲜,脆嫩爽口。②因绿豆芽性寒凉,脾胃虚寒者忌服。③用化肥催发的豆芽不宜食用,以免慢性中毒。

瓜球烩鱼圆

【原料】青鱼茸200克,净冬瓜200克,精盐7克,黄酒15克,葱姜汁20克,味精2克,鸡蛋清20克,鲜汤1 000克,麻油100克,葱花、生姜丝、湿淀粉各适量。

【制作】将鱼茸加入麻油25克和精盐、黄酒、葱姜汁、味精、鸡蛋清、鲜汤适量,搅拌成胶质状。汤锅上火,放水烧沸,将鱼茸下沸水锅氽成鱼丸,捞起待用;用球勺将冬瓜挖成球状,焯水后捞起。炒锅上火,加入麻油,下葱花、生姜丝炒香,加入鲜汤,捞出葱花、生姜丝,下入冬瓜球、鱼丸,加精盐、黄酒、味精,烧开后勾稀芡,起锅装入盘即成。

【功用】健脾益胃,利水消肿,润肤健美。

【提示】①此菜特点为洁白清鲜,鱼圆滑嫩。②制作鱼丸的要领在于一是搅拌打鱼茸时要朝一个方向连续将鱼浆打匀,二是放盐要适量。③勾芡时要薄、均、亮。

奶油扒干贝

【原料】干贝200克,奶油50克,生菜叶50克,黄酒15克,精盐5克,味精2克,白糖2克,湿淀粉10克,葱白10克,生姜10克,鲜汤250克,熟猪油25克。

【制作】干贝用清水反复漂洗干净,再用清水浸泡至软,撕去老筋。生菜叶、葱白和鲜姜分别洗净。将干贝整齐码放在碗内,葱白和鲜姜分别切成细丝。炒锅上旺火,加入熟猪油烧热,放入葱白、生

姜丝,炸至金黄色时放入鲜汤、精盐、味精和白糖烧沸,倒入盛有干贝的碗中,入蒸锅蒸至干贝松软后取出,将碗中汤汁滗入炒锅内,加入奶油烧沸,用湿淀粉勾成流芡。菜肴采用"扣入法"装入盘中,将芡汁均匀浇淋在干贝上,再将生菜叶围在干贝周围即成。

【功用】 调中益气,滋阴补肾。

【提示】 ①此菜特点为味美可口,咸鲜适中。②干贝初步加工时要洗净泥沙和杂质,并要保持干贝形整不破碎。③蒸制干贝时要掌握好火候,要充分蒸至干贝松软。

鲜虾扒冬瓜 ❧

【原料】 鲜虾肉50克,冬瓜750克,瘦肉50克,鲜草菇10克,精盐、味精、胡椒粉、蒜茸、湿淀粉、鲜汤、植物油各适量。

【制作】 将冬瓜洗净、去皮,切成长6厘米、宽3厘米、厚1.5厘米的块。鲜虾肉用精盐、生粉腌制。瘦肉切成丝,用湿淀粉拌匀。鲜草菇切丝。炒锅上火,放油烧热,下虾肉、瘦肉走油,再将切好的瓜脯放入,炸至金黄色捞起。将炒锅上火,放油烧热,倒入瓜脯,加少量鲜汤煮一会儿,将瓜脯铲至盘中。炒锅上火,放油烧热,下蒜茸爆香,再放入虾肉、瘦肉、草菇,淋入鲜汤,用精盐、味精、胡椒粉调味,烧一会儿,再用湿淀粉勾芡,最后淋油出锅,将其倒在盘中的瓜脯上即成。

【功用】 清热除烦,滋阴壮阳。

【提示】 ①此菜特点为油润鲜咸。②虾仁上浆宜薄,如果浆液过厚,滑油时容易粘连。

笋扒冬瓜

【原料】冬瓜300克,罐头竹笋250克,精盐、味精、湿淀粉、植物油、黄豆芽汤各适量。

【制作】将罐头竹笋打开,取出竹笋切成条码在盘内。将冬瓜洗净切成条,放入沸水锅内焯透捞出,放入凉水中浸泡,再捞出沥水,与竹笋码在一起。炒锅上火,放油烧热,放入黄豆芽汤、精盐,烧沸,将盘子内的竹笋和冬瓜条一起下锅煨熟,待汤汁浓稠时用湿淀粉勾芡,点入味精,推匀出锅即成。

【功用】祛湿解暑,减肥健美。

【提示】①此菜特点为鲜嫩不腻。②食用竹笋对健康有一定的益处,但因竹笋是寒凉之品,脾虚便溏及消化道溃疡者忌食。③竹笋中含有较多的草酸钙,故肾炎、尿路结石病人不宜食用。

红扒鸭条

【原料】填鸭1只,黄酒、酱油、精盐、味精、白糖、鸡汤、淀粉、植物油、葱段、生姜块各适量。

【制作】将鸭子从背部开膛,去五脏洗净擦干,抹上酱油,炸成金黄色放盆内,放葱段、生姜块、黄酒、酱油、白糖、鸡汤,上笼蒸烂,剔净骨头分成两片,切条。将鸭条皮朝下码在盘中。锅内放油,下葱段煸成金黄色,放酱油、黄酒、白糖、味精、鸡汤,下鸭条烧透勾芡,淋上明油翻匀装盘。

【功用】利水消肿,滋阴清补。

【提示】①此菜特点为色泽枣红,味咸稍甜。②鸭要煮烂,条要切制均匀,淋芡要匀,小火煨之入味。

蘑菇冬瓜夹

【原料】鲜蘑菇 300 克,大冬瓜 1 500 克,麻油 50 克,鸡油 25 克,鲜汤 100 克,火腿 100 克,湿淀粉、精盐、味精、白糖、胡椒粉各适量。

【制作】将冬瓜洗净,刮去外皮,挖去瓜瓤,切成 6 厘米长、4 毫米厚的两刀断的夹刀片,放入盘内。火腿切成 5 厘米长、2 毫米厚的薄片,放入盘内。将冬瓜片放入沸水中略焯后捞出,用凉水冲凉,沥干水,在冬瓜片中夹 1 片火腿片,冬瓜带青皮的一面朝碗底,整齐地码入碗内,放精盐、鲜汤上笼蒸 30 分钟取出。炒锅上旺火,放麻油烧热,下蘑菇,烹黄酒,加鲜汤,滗入蒸冬瓜夹的原汁烧沸,放精盐、白糖、味精、胡椒粉,用湿淀粉勾薄芡,放鸡油炒匀。将盛冬瓜夹的碗扣入盘中,揭去碗,浇上卤汁,装上鲜蘑菇即成。

【功用】清热利水,健美减肥。

【提示】①此菜特点为软嫩鲜香,浓而不腻。②宜选择肉厚度在 4 厘米以上的冬瓜原料,可便于制作。③勾芡应成琉璃状,可使成品菜外形更为美观。

紫菜冬瓜卷

【原料】冬瓜 200 克,紫菜 2 张,海米 15 克,鲜汤 50 克,精盐、味精、黄酒、葱姜汁、胡椒粉、湿淀粉、麻油各适量。

【制作】将冬瓜去皮洗净,切成 3 厘米长的细丝,入沸水中略烫捞出,控水后加入少许精盐、味精略腌。海米剁成末,放冬瓜丝中。紫菜每张切成 4 小张,抹上少许湿淀粉,将冬瓜丝、海米末拌匀理齐,放在紫菜一端,然后将紫菜卷成卷。将冬瓜卷放笼上蒸10 分钟后取出,用刀切成 5 厘米长的段,放入盘中。炒锅上旺火,倒入鲜汤、葱姜汁、蒸冬瓜卷的原汁、精盐、黄酒、味精、胡椒粉烧沸,撇净浮沫,用湿淀粉勾稀芡,淋上麻油搅匀,浇淋在盘内的冬瓜卷上即成。

【功用】清热利水,化痰软坚。

【提示】①此菜特点为咸鲜清香,造型美观。②紫菜片要干净,卷入的馅不能厚,否则影响美观。

瓤茄子

【原料】嫩圆茄子 6 个,豆腐 1 块,水发黑木耳 50 克,莴苣100 克,蘑菇 50 克,味精 2 克,湿淀粉 30 克,酱油 15 克,胡椒粉 5克,麻油 10 克,植物油 1 000 克(实耗约 150 克),素鲜汤、精盐、葱花、生姜末各适量。

【制作】将茄蒂连同部分茄肉切下(留用),削去皮(也可不去皮,随意)洗净,用小刀从切蒂的一端将茄内瓤轻轻挖除。将豆腐放锅中用水煮一开,取出沥水晾凉,碾成泥放入碗内。蘑菇洗净切成细丁;黑木耳拣去杂质洗净,沥干水剁成末。莴苣削去老根,去叶、削皮洗净先切成细丝再切成细丁。将以上细丁均放入豆腐泥中,加精盐、酱油、味精、葱花、生姜末、胡椒粉等调料,再加少许植物油及

湿淀粉。调拌均匀成馅备用。将拌好的馅装入一个个已挖去瓤的茄子里,并在切口处抹上湿淀粉,再将茄蒂盖上。炒锅上火,放油烧至七成热,将塞好馅的茄子逐个放入锅中炸至外表呈金黄色时捞出,放入大深底盘内,再加少许素鲜汤、精盐、味精上笼蒸熟后取出,滗出卤汁,扣入大碗内。将锅内油倒出,重新上火,放入滗出的卤汁,加少许素鲜汤煮沸,用湿淀粉勾芡,淋上麻油,浇在茄子上即成。

【功用】 活血消肿,利尿解毒。

【提示】 ①此菜特点为茄子软嫩,馅味鲜美。②各种原料必须新鲜,宜选用嫩茄子做原料,肉馅在茄子上要抹平。

荷叶米粉肉

【原料】 五花猪肉(带皮)500克,炒米粉125克,鲜荷叶3张,酱油50克,黄酒50克,味精1克,花椒15粒(研成末)。

【制作】 将五花肉切成长10厘米、宽5厘米的长方块,用黄酒、酱油、花椒、味精、白糖拌匀后腌30分钟,再加入炒米粉拌匀待用。把每张荷叶切成4个小方块约12厘米见方,共12张,每张荷叶上放一块肉和适量米粉,将其包好,放在盘中上笼蒸烂即成。

【功用】 清热解暑,升运脾阳。

【提示】 ①此菜特点为肉质酥烂,肥而不腻,清香芬芳。②猪肉须先用调料腌渍入味。③米粉要炒至色黄成熟才香。

荷叶乳鸽片

【原料】 乳鸽2只(约600克),鲜荷叶1块,水发香菇50克,熟火腿 25 克,生姜 2 克,精盐 3 克,味精 2 克,白糖 3 克,麻油 1 克,胡椒粉 1 克,蚝油 10 克,湿淀粉 15 克,猪油 50 克。

【制作】将鸽宰杀去毛洗净斜切成 4 厘米长、2 厘米宽的块。香菇切片,火腿切成 4 厘米长、2 厘米宽的片。鲜荷叶用沸水泡过,洗净后晾干水分。将鸽片和头、翅放在瓦钵内,先用生姜、蚝油、味精、精盐、麻油、白糖、胡椒粉、湿淀粉和猪油拌匀。最后在长盘中横放 1 根水草,荷叶摊开放在上面,将鸽片、香菇、火腿每片互相间隔,分 3 行排在荷叶上,鸽头、翅放在上面,卷起,用水草扎紧,入蒸笼用中火蒸约 15 分钟至熟取出。去掉水草,原包上桌即成。

【功用】补益精血,清暑开胃。

【提示】①此菜特点为鸽片嫩滑,清香味美。②要用新鲜荷叶裹包,蒸熟后清香味才浓。

清蒸河鳗 ✦

【原料】活河鳗 1 000 克,火腿 20 克,香菇 25 克,玉兰片 40 克,猪板油 10 克,葱白、豌豆苗、黄酒、精盐、味精、淀粉、鲜汤适量。

【制作】将河鳗宰杀,去头、骨、内脏,洗去污血,放入沸水锅中焯一下,清水漂洗干净,切成段,背面剞十字花刀,摆在盘中将葱白切段,火腿、玉兰片、香菇均切成片,猪板油切成小丁,撒在河鳗上,加入鲜汤、精盐、黄酒、味精,上笼蒸约 15 分钟,将原汤滗入锅中,加鲜汤煮沸勾芡,浇在河鳗上,撒上豌豆苗作点缀即成。

【功用】滋补壮阳,养血通络。

【提示】①此菜特点为洁白娇艳,肉嫩味鲜。②如果不用猪板油作配料,可用熟猪油代替。③河鳗不能放沸水中浸洗,否则易

脱皮影响外观。上笼蒸的时间不能太久,否则容易使其肉质酥烂而松散,口感和外形均欠佳。④病后脾肾虚弱、痰多泄泻者忌食河鳗。

苦瓜炖文蛤

【原料】苦瓜250克,文蛤500克,精盐、黄酒、大蒜茸、生姜汁、白糖、麻油各适量。

【制作】将苦瓜洗净去瓤,放入沸水锅中焯透,捞出浸入凉水中,浸出苦味切片。将文蛤洗净放入锅中煮至张口,捞出去壳,去内脏,下油锅炸,加生姜汁、黄酒、精盐拌匀。将苦瓜片铺在锅底,将蛤肉放在上面,加入生姜汁、黄酒、精盐、大蒜茸、白糖和清水适量,炖至蛤肉熟透入味,淋上麻油,出锅即成。

【功用】清心明目,健脑益智。

【提示】①此菜特点为清淡适口。②宜选用活文蛤,已腐败的死文蛤则不宜食用。

蒜苗肉片

【原料】蒜苗200克,瘦猪肉150克,精盐3克,植物油60克,黄酒6克,葱花10克,生姜末5克,麻油10克,湿淀粉15克。

【制作】将猪肉切成片;蒜苗去杂洗净,切成3厘米长的段,待用。炒锅上火,放油烧热,下入肉片煸炒,边炒边放葱花、生姜末、精盐、黄酒、蒜苗,稍加少许汤后,移至微火上烧透,然后再移至旺火上收汁,淋上湿淀粉,放入麻油,翻炒均匀,出锅即成。

【功用】滋阴润燥。

【提示】①此菜特点为油润光亮,鲜嫩醇香。②由于蒜苗刺激性较大,有胃病者最好少吃。

苦瓜焖鸡翅

【原料】苦瓜250克,鸡翅1对,植物油、黄酒、精盐、味精、葱段、蒜茸、生姜汁、白糖、红辣椒丝、豆豉、淀粉各适量。

【制作】将鸡翅洗净切成块,放入碗中,加生姜汁、黄酒、精盐、白糖、淀粉各适量,拌匀上浆。苦瓜切成2厘米长、1厘米厚的块,放入沸水内焯一下,捞出。炒锅上火,放油烧热,下蒜茸、豆豉煸香,再放入鸡翅,至鸡翅将熟时再将苦瓜、红辣椒丝、葱段下锅,炒几下,然后加半碗水,烧开用小火焖30分钟,加味精搅匀即成。

【功用】清热解毒,补脾开胃。

【提示】①此菜特点为青绿红亮,苦辣甜香。②将苦瓜切开放水中浸泡后烹饪,也可使苦味减弱。③脾胃虚寒者不宜多食苦瓜,以免食后导致吐泻、腹痛。

芹菜百叶丝

【原料】百叶300克,芹菜茎15根,精盐2克,味精1克,酱油20克,胡椒粉5克,白糖10克,五香粉2克,生姜丝10克,植物油50克,麻油10克。

【制作】将百叶切成7厘米宽,15厘米长的片,再对折成3.5

厘米宽,从对折的边切3厘米,留0.5厘米连接,切成0.3厘米宽的丝,然后将其卷成卷,用芹菜茎将连接的一头捆紧,将另一头抖散。炒锅上火,放油烧至六成热,下生姜丝炒出香味,加入酱油、精盐、胡椒粉、白糖、五香粉、清水100克,用大火烧开,放入制好的菊花卷,改用小火加盖焖至汤汁将尽时,淋上麻油,加味精拌匀即成。

【功用】平肝降压,延年益寿。

【提示】①此菜特点为色鲜形美,质韧味香。②百叶要选用新鲜质优者。

双素煨鱼圆

【原料】鲜鲤鱼肉200克,鸡蛋1只,黄瓜100克,胡萝卜100克,鲜汤500克,麻油10克,精盐、味精、胡椒粉、湿淀粉各适量。

【制作】将鲤鱼肉剔净鱼刺,用刀背剁成细茸,放入碗内,放适量凉汤打散(100克汤为宜,可分两次打入),再放少许精盐,用力朝一个方向搅拌,待鱼肉稠干时,取鸡蛋清(蛋黄留作它用)和麻油放入鱼肉中,再用力搅拌,待鱼肉稠干发亮时,即成鱼茸。锅中放水1000克,烧至温热,把鱼茸分别挤成算珠形的鱼丸,放温水中待用。胡萝卜和黄瓜洗净,削净皮,削成和鱼丸大小相同的圆形块,放入开水锅中焯好捞出待用。炒锅烧热,放鲜汤500克,把鱼丸、胡萝卜和黄瓜一同下锅烧开,放入精盐、味精、胡椒粉稍煮,勾入少许湿淀粉,烧熟即成。

【功用】补气健脾,利水消肿。

【提示】①此菜特点为色泽分明,红绿相间,清鲜爽口。②鲤鱼为发物,忌与绿豆、狗肉同食。

秋季健身餐

　　初秋之气，由于禀受了夏季炎热气候的余气，刚烈肃杀，形如老虎咬人之凶猛，称之为温燥；深秋之气，由于接近寒冷的冬季，寒意渐加，则称之为凉燥。人们在秋季会觉得口鼻干燥、渴饮不止、皮肤干燥甚至大便干结等。秋季饮食保健当以润燥益气为中心，以健脾补肝清肺为主要内容，以清润甘酸为大法，寒凉调配为要。

　　秋高气爽，气候干燥，气温逐渐降低，湿度逐渐减小，有时秋雨连绵，天气忽冷忽热，变化急剧。因此平时要多饮水，以维持水代谢平衡，防止皮肤干裂、邪火上侵；应多吃蔬菜、水果，以补充体内维生素和矿物质，同时中和体内多余的酸性代谢物，起清热解毒之效；多吃豆类等植物性高蛋白食物，少吃油腻厚味食物。秋季气温凉爽、干燥，饮食上应"少辛增酸"，以养肝气。秋季应少吃辛辣刺激食物，如辣椒、胡椒、生葱等，多食用芝麻、糯米、蜂蜜、荸荠、葡萄、萝卜、梨子、柿子、莲子、百合、甘蔗、菠萝、香蕉、银耳、乳品等柔润食物。此外，也可吃点用人参、沙参、麦冬、川贝、杏仁、胖大海、冬虫夏草等益气滋阴、宣肺化痰的保健中药制作的药膳。

　　秋季，各种瓜果大量上市，应注意不宜过量食用，否则会损伤脾胃的阳气。滋阴补益之品多腻滞，如胃中有湿、有寒则不相宜，可加生姜、葱、陈皮丝等作调料，可以祛寒湿行滞。粥食中可加薏苡仁、大枣、厚朴等。

　　秋季气候干燥，空气湿度相对变小。清肃而干燥的空气容易耗人津液,使人体出现口干、唇干、鼻干、咽干、舌干少津、大便秘结、皮肤干燥等现象。同时,由于炎夏转入凉秋,人体常常觉得比较舒服,由"疰夏"而致的身体消瘦渐渐地恢复,胃口和精神的转好,使秋季成了一个最佳的进补季节。秋季宜平补,这是根据秋季气候凉爽,阴阳相对平衡而提出的一种进补法则。所谓的平补,就是选用寒温之性不明显的平性滋补品,如上面所提及的补品,都是平补之品。另外,秋季阴阳虽相对平衡,但燥是秋季的主气,肺易被燥所伤,进补时还应当注意润补,即养阴、生津、润肺,采取平补、润补相结合的方法,以达养阴润肺的目的。

饮食有节制益人,无节制则伤人。在秋季饮食保健中应注意食饮定时,是为了让胃肠生理功能维持正常的活动,使其有序地进行消化,不至于紊乱或过劳。食饮定量,是为了避免胃肠超负荷的活动,以防损伤胃功能,造成消化不良,或生胃病,如饮食不足则不能满足消化功能所需,也会使消化功能衰退。定时定量食饮,都是为了保养胃肠生理功能,维持生理功能正常活动,进而能保证输送人体各脏腑、各机体组织所需的营养。老年人和小孩消化力较弱,更应定时定量进食。每餐以八九分饱为度,也最为适宜。

食物的合理调配,应根据气候变化和人体盈缺而定。秋季气候干燥,食宜去燥;秋季阳气渐衰,应收神敛气宁志。因此,食忌辛苦,因辛味能发散,其行气功能与秋季气候特点相左,故不宜食;苦味能泄能燥,也与气候变化不合。秋季宜食清润甘酸和寒凉的食物,寒凉能清热,甘味食物的性质滋腻,有缓急、和中、补益作用,酸味食物有收敛、生津、止渴等作用。每一食物都具有性和味,有的食物或兼有其他味。如兔肝兼有甘、苦、咸三味,白鸭肉就有甘、咸二味;蜂乳有甘酸二味,其作用也就具有甘味和酸味二种功效,加上气的作用,就有三种功效。同一味而性不同,其作用也有差别,如羊奶、牛奶其味均是甘,而羊奶性温,牛奶其性微寒,寒能祛热,温能祛寒,故羊奶能补中扶寒,牛奶则能补中清热,又能补益敛气。

元代医家邹铉在《寿亲养老新书·饮食调治》说:"老人之食,大抵宜其温热熟软,忌其黏硬生冷。"这是有道理的,因为老人消化能力已在衰退,黏性大和硬度大的生冷食物确实不能消化,黏性食物腻滞,导致胃之升降功能障碍,生冷而硬的食物,会损伤胃肠,会造成胃痛、胃胀等症。在秋天,天气转凉,更不宜食黏硬生冷食物。因此,食要温热熟软,有利于消化和吸收,以益脏腑。

唐代孙思邈在《千金翼方·养老食疗》中说:"每食必忌于杂,杂则五味相扰,食之不已,为人作患。"意思是说,每次进食,食物的品种不宜太多,食物品种太多,各种滋味互相干扰,吃得多了,对人有害。秋天,每餐进食宜简不宜繁,这是由于人体阳气衰弱,胃气亦弱,每餐吃品种繁多的食物,有碍消化,使胃致病。由此,就应调配好,以适应人体维持正常活动之需求。

凉拌藕片

【原料】鲜嫩藕400克,生姜30克,花椒10粒,精盐2克,味精1克,麻油3克,醋适量。

【制作】将生姜洗净切成细末。鲜藕去皮洗净,切成2毫米厚的片,放入沸水锅中焯一下,再用凉开水过凉,捞出沥净水分。藕片放入盆中,加入花椒粒、味精、精盐拌匀,再加入麻油、生姜末、醋,颠翻几下,腌渍半小时,装盘即成。

【功用】清热开胃,减肥轻身。

【提示】①此菜特点为清淡味鲜。②藕去皮焯水后用凉开水

过凉,以防止藕片变黑,影响色泽。③煮藕忌用铁器。

拌番茄鱼片

【原料】净青鱼肉 250 克,鸡蛋 1 个,番茄 2 个,小黄瓜 1 段,植物油、精盐、干淀粉、番茄酱、香菜各适量。

【制作】将净鱼肉切成 0.5 厘米厚、3 厘米见方的片,拌入适量的盐,外蘸干淀粉,再挂上鸡蛋液备用。将炒锅置火上,加油烧热,下入鱼片炸黄,出锅沥油,摆在盘中;把番茄洗净,入沸水中烫一下,去皮后切成圆片;黄瓜切片,将其同番茄一起在炸鱼片周围摆成花样,用番茄酱加以装饰,上撒香菜即成。

【功用】生津止渴,健胃消食,凉血平肝,清热解毒。

【提示】①此菜特点为色泽鲜艳,味美适口。②鱼片切的大小要一致,炸的火候要均匀;番茄片切的大小、薄厚要一致,拼出来才美观大方。

黄瓜拌海蜇

【原料】海蜇 500 克,黄瓜 50 克,麻油 10 克,酱油 20 克,米醋 3 克,味精 2 克。

【制作】将海蜇洗净沙子,切成细丝;黄瓜洗净,切成细丝。炒锅上旺火,放入清水烧开,把海蜇烫一下,捞出放在清水内过凉,然后另换清水泡上。将泡好的海蜇捞出,沥净水,堆放在盘内,再把切好的黄瓜丝放上。取碗 1 只,放入酱油、米醋、麻油、味精,兑成调味汁,浇在海蜇上即成。

【功用】清热利尿,消积润肠。

【提示】①此菜特点为味道清香,酸脆利口。②海蜇要洗净沙子,换清水,反复揉搓几遍。烫海蜇的时间不要过长,投入沸水中焯一下,立刻捞出。

腐乳炝虾仁

【原料】虾仁200克,豆腐乳20克,黄酒10克,青蒜75克,生姜末1克,豆腐乳20克,白糖5克,麻油15克,味精2克。

【制作】先将虾仁洗净,蒸熟备用。青蒜洗净切成1厘米长的段。豆腐乳放在小碗里,用筷子搅拌成泥,加入白糖、麻油、味精以及少许豆腐乳的原汁,一并搅和成糊状。将虾仁堆放在大平盘中,将青蒜段围放在四周,将搅和好的豆腐乳汁浇淋其上即成。

【功用】补中益气,强肾壮阳。

【提示】①此菜特点为清脆鲜美,清香味美。②虾仁要蒸熟切碎,再行炝制。

豆沙藕丸

【原料】鲜藕300克,糯米粉150克,豆沙100克,植物油300克(实耗约25克),白糖、熟芝麻各适量。

【制作】将鲜藕去皮后洗净,剁成茸放入盆内,加入白糖搅匀。糯米粉中加温水糅合成团,放入盆内,同藕搓匀,制成藕茸粉

团,然后分成20等份,搓圆后压成皮,放入豆沙馅,包制成丸子,外滚沾一层熟芝麻。炒锅上小火,放油烧至五成热,下入藕丸,慢慢炸至外层呈淡黄色时捞出,摆入盘中即成。

【功用】 利血除湿,解毒散瘀。

【提示】 ①此菜特点为色泽金黄,外酥内糯,香甜可口。②炸制时要小火慢炸,不能炸焦。

芙蓉鸡排

【原料】 净生鸡肉200克(两脯、两腿),虾仁75克,鸡蛋1只,熟火腿末5克,香菜3根,黑芝麻1克,面包粉100克,面粉1克,葱椒盐0.5克,味精1克,干淀粉0.5克,番茄酱25克,胡椒粉0.5克,植物油500克(实耗约50克)。

【制作】 将鸡肉放在砧板上,用刀背在上面顺序敲剁。将葱椒盐、白胡椒粉、味精撒在鸡肉上揉匀,两面扑上面粉,取鸡蛋黄放在碗内调匀,涂在鸡块两面,蘸满面包粉。将虾仁斩茸,放入碗内,加鸡蛋清、味精、干淀粉搅拌均匀,分为四份待用。炒锅上火,放油烧至六成热,下鸡块炸至金黄色时离火捞出,放入盘内冷却。将虾茸逐份镶在鸡排上,上面贴香菜叶、火腿末、黑芝麻。炒锅再上火,放油烧至六成热,放入鸡排略炸,保持芙蓉色,起锅切成1厘米宽的一字条块,装盘。盘边放番茄酱蘸食。

【功用】 益气补精,养颜嫩肤。

【提示】 ①此菜特点为色泽美观,外壳酥脆,鸡肉味香,虾茸鲜嫩。②炸鸡排时要小火慢炸。

芝麻香酥鸽 ❧⌘⌘⌘☙

【原料】鸽子 2 只,葱丝、生姜丝、花椒、大茴香,鸡蛋、面粉、芝麻、植物油、花椒盐各适量。

【制作】将鸽子宰杀,去毛及内脏,洗净后去头开脊。将加工好的鸽子放入炖盅中,加入葱花、生姜丝、花椒、大茴香,入笼蒸烂,取出,去葱、生姜和香料。将鸽子去掉大骨,挂上蛋粉糊,沾上一层芝麻,放入六成热油锅中炸成金黄色时捞出,剁成条置盘中,食时蘸点花椒盐。

【功用】补益肾肝,乌发美容。

【提示】①此菜特点为鸽肉酥烂,芝麻芳香。②老人和儿童食用鸽肉,一次不宜过多,以免引起消化吸收不良。

芝麻鱼片 ❧⌘⌘⌘☙

【原料】净青鱼肉 250 克,白芝麻 50 克,鸡蛋黄 2 只,葱椒盐 2 克,味精 1 克,黄酒 10 克,面粉 75 克,麻油 550 克(实耗约 50 克),番茄酱 25 克。

【制作】将青鱼肉洗净沥干。芝麻淘洗干净,略烫、擦皮、晾干、炒熟。鸡蛋黄、葱椒盐、面粉分别备好。青鱼肉片成薄片放盘内,加葱椒盐、味精、黄酒抓拌均匀、略腌。将鱼片两面蘸上面粉,用手拍匀,两面刷上鸡蛋黄糊再蘸满芝麻,用手轻轻拍紧,制成芝麻鱼片平放盘内。炒锅上火,放油烧至七成热,将芝麻鱼片逐片放入,用手勺轻轻推动,炸至色呈淡黄时捞出。待油温八成热时,将

芝麻鱼片再放入锅中,炸至金黄色时离火,用漏勺捞出沥油,盘边放番茄酱蘸食。

【功用】养肝补肾,明目润肤。

【提示】①此菜特点为色泽金黄,酥脆鲜香。②鱼片在下油锅前必须进行拍粉、挂蛋糊、沾芝麻,使鱼排香脆、松嫩。

炸蟹卷

【原料】蟹肉150克,鳜鱼肉100克,猪网油150克,熟火腿末5克,鸡蛋3个,葱末5克,生姜末10克,精盐2.5克,白糖5克,甜米酒25克,花椒盐1克,面粉15克,米粉10克,白胡椒粉0.5克,热猪油750克(实耗约35克)。

【制作】将鳜鱼肉轻轻剁碎放入碗肉,加葱、姜、白胡椒粉、甜米酒、火腿、精盐、蟹肉和鸡蛋1个一起搅拌成馅。将鸡蛋2个打入碗内,加入干淀粉、面粉搅拌成蛋糊。猪网油洗净晾干,铺在案板上,撒上米粉抹匀,放上蟹肉馅理成条状,用网油将肉馅卷成如香肠粗,两头包好,用鸡蛋糊封口。炒锅上旺火,放油烧至六成热,将蟹卷挂糊下锅,炸至金黄色时捞起,斜切成象眼块装盘,撒上花椒盐即成。

【功用】补益气血,清热散结,补益肝肾,益脾养胃,壮骨强筋。

【提示】①此菜特点为色泽金黄,外壳脆而香,味鲜嫩不腻,是秋季时菜。②蟹卷挂糊后要用小火慢炸,不能炸焦。

浇汁鱼

【原料】黄花鱼1尾(约重750克),冬笋丁25克,洋葱丁25

克,胡萝卜丁25克,豌豆25克,植物油、精盐、味精、黄酒、白糖、醋、番茄酱、酱油、麻油、葱花、生姜末、淀粉各适量。

【制作】将鱼去鳞去鳃,从口腔处除去内脏,洗涤整理干净,由头至尾在鱼身两侧剞牡丹花刀,然后用精盐、味精、黄酒基本调味,挂水粉糊,下七八成热油中炸至酥脆,见色泽金黄时捞出装盘。锅上火烧热,加适量底油,用葱花、生姜末炝锅,下配料煸炒,再加入番茄酱,烹入黄酒,随即用调味品兑好糖醋汁,下锅炒至浓稠,淋上麻油,浇在炸好的鱼身上即成。

【功用】滋补填精,开胃益气。

【提示】①此菜特点为酥脆鲜嫩,酸甜适口。②初加工除鱼内脏时,不开膛,以免影响鱼的造型。③"牡丹花"刀是在鱼身两侧,每隔3.6厘米先用直刀剞,深至鱼骨,再改用平刀剞至3厘米处,留0.6厘米与鱼体相连,改刀完毕用手提鱼尾,可见剞刀后的鱼肉外翻,形似牡丹花瓣,故得此名。③水粉糊要挂的均匀,必须将鱼体表面的水分擦干或沾些干淀粉,否则糊不易挂匀。④掌握好炸制的油温、火候和技巧。锅内油量要宽,火力要旺,烧至七成热时,左手提鱼尾,右手用手勺舀油往鱼身上浇烫,使翻开的鱼肉定型,待鱼皮收缩略硬时,将鱼全部下入油锅中炸至酥脆,如火力不够,油温降低可中途捞出,待油温升高后复炸。炸好后直接装盘。⑤"糖醋汁"是用白糖、醋、酱油、精盐、湿淀粉、鲜汤调制而成,糖醋的比例是1:1。

爆双脆

【原料】猪肚头3只,鸭肫头3个,蒜瓣4个,鸡蛋1个,精盐

2 克,味精 2 克,黄酒 25 克,干淀粉 2 克,湿淀粉 2 克,鲜汤 50 克,植物油 250 克(实耗约 30 克)。

【制作】 将胲头、肚头、蒜瓣分别洗净沥干。鸡蛋清调散。将肚头剖开,铲去外皮、片去内油、放平、交叉剖成菱形花纹,再改切成块,放清水内浸泡。将鸭胲放砧板上切开,铲去外皮,剖成兰花形状,一剖两个,放入盘内。再将肚头取出,挤干水分,放在鸭胲盘内,加精盐、味精、黄酒,搅拌入味。将干淀粉放入蛋清碗内调匀,倒入猪肚、鸭胲盘内搅拌均匀。蒜瓣拍松、切成碎米状,同放在盘边。取小碗 1 只,放精盐、味精、黄酒、鲜汤、湿淀粉,调成卤汁。炒锅上火,放油烧至八成热,将猪肚、鸭胲入锅,用手勺推散,倒入漏勺中沥油。炒锅再上火,将卤汁倒入烧沸,再将猪肚、鸭胲倒入,用手勺推动翻身,加蒜瓣和明油,晃动炒锅,起锅装盘即成。

【功用】 补虚益气,健脾开胃。

【提示】 ①此菜特点为两色相映,汁白鲜香,清脆可口。②肚头与鸭胲剖花与刀口要相互配合,刀距应基本相等,切好的大小也要求相等。③油爆的时间应短,以保持原料脆嫩。④烹调时动作要快,旺火操作,芡汁要挂均匀,不能出汤。

酱爆兔肉丁

【原料】 净兔肉 300 克,精盐、干淀粉、辣酱、葱花、生姜末、白糖、黄酒、味精、植物油各适量。

【制作】 将兔肉洗净,切成小丁块,用适量精盐略腌拌,撒上干淀粉拌匀,放入约七成热油锅内炸至外脆内嫩,捞起沥干。炒锅内留油适量,放入辣酱、葱花、生姜末略煸,加适量白糖、黄酒、味精,倒入兔肉丁,略翻炒,将卤汁包住兔肉丁即成。

【功用】 补脾健胃,益气养血。

【提示】 ①此菜特点为兔肉酥烂,咸甜微辣。②炸兔肉丁时应旺火速成,不宜久炸。③阳虚以及脾胃虚寒、腹泻便溏者忌食兔肉。

京葱鸭块

【原料】 净嫩光鸭500克,京葱200克,植物油250克(实耗约35克),黄酒10克,酱油40克,白糖25克,精盐5克,味精1.5克,湿淀粉20克,麻油10克。

【制作】 将净嫩光鸭洗净,斩成5厘米长、2.5厘米宽的块。京葱去掉老皮,切成3厘米长的段。将锅烧热,放油烧至六成热,再放入葱段,爆成金黄色后倒入漏勺中沥油。原锅留余油50克,将鸭块下锅煸出香味后,放入黄酒、酱油、白糖、精盐,略烧一下,再加清水250克,待烧滚后,改用小火焖烧10分钟,加京葱段,用旺火收汁,加入味精,待汤汁收浓,用湿淀粉勾芡,淋上麻油,装盆即成。

【功用】 滋阴养胃,利水消肿。

【提示】 ①此菜特点为肉质软嫩,葱香味鲜。②凡受凉引起的不思饮食、腹部疼痛、腹泻清稀、腰痛、痛经等症状者,暂不要食用鸭肉,以免加重病情。

百合炒芹菜

【原料】 芹菜500克,鲜百合200克,干红辣椒2个,精盐2

克,味精 2 克,白糖 10 克,黄酒 5 克,植物油 10 克,葱花、生姜末各适量。

【制作】将芹菜摘去根和老叶,洗净放入开水锅中烫透捞出,沥净水。大棵芹菜根部(连同部分茎)竖刀片成 2～3 瓣,再横刀切成约 3 厘米长的段。百合去杂质后洗净,剥成片状。干红辣椒去蒂、去子洗净,切成细丝备用。炒锅上火,放油烧热,下葱花、生姜末、红干椒丝炝锅,随即倒入百合、芹菜继续煸炒透,烹入黄酒,加入白糖、精盐、味精和清水少许,翻炒几下,出锅装盘即成。

【功用】降压降脂,养阴润肺,养颜美容。

【提示】①此菜特点为色泽鲜艳,入口香脆。②感冒风寒咳嗽者忌食百合。③平素脾胃虚寒,腹泻便溏者忌食百合。

炒三丝

【原料】厚百叶 250 克,青椒 30 克,茭白 50 克,植物油 50 克,素鲜汤 100 克,酱油、味精、黄酒、生姜末、淀粉各适量。

【制作】厚百叶从中划开,切成长约 6 厘米的细丝,沸水中焯后捞出。青椒去梗、顶及子,切成细丝;茭白切成 4 厘米长的细丝。炒锅上旺火,放油烧热,先将青椒丝和茭白丝炒一下,然后放入百叶丝,搅动几下,再加酱油、生姜末、黄酒、鲜汤及味精,再搅几下,用湿淀粉勾芡即成。

【功用】补中益气,健脾温胃。

【提示】①此菜特点为白绿相间,鲜脆适口。②三丝要切得粗细均匀,基本一致。炒菜时宜旺火速成。

蘑菇炒鸡丁 ～

【原料】鲜蘑菇 150 克,鸡脯肉 250 克,鸡蛋清 1 个,植物油 300 克(实耗约 35 克),葱花、生姜末、酱油、白糖、黄酒、精盐、干淀粉、湿淀粉各适量。

【制作】将鲜蘑菇洗净,入沸水锅中略焯后捞出,沥干水,切成丁。鸡脯肉洗净后,去筋膜,切成鸡丁,放入碗内,加鸡蛋清、精盐、干淀粉拌匀上浆。炒锅上旺火,放油烧至五成热时,下鸡丁滑油至熟,起锅倒入漏勺中沥油。炒锅上火,放油烧热,下葱花、生姜末炸香,放入蘑菇丁、黄酒、酱油、白糖煸炒片刻,倒入鸡丁,用湿淀粉勾芡,淋上麻油即成。

【功用】温中益气,补精填髓,健脾利肠。

【提示】①此菜特点为咸鲜味香,鸡肉鲜嫩。②蘑菇不宜过食,因其性凉,多食易动气,慢性病患者宜注意。③采集野生蘑菇时要注意鉴别毒蘑菇,凡外形怪异、色艳,且有黏质物的蘑菇常含有毒蕈碱、毒蕈毒素等有毒物质,有误食毒蘑菇而中毒者应及时送医院抢救。

平菇蟹肉 ～

【原料】平菇 500 克,蟹肉 50 克,植物油 500 克(实耗约 50 克),黄酒、葱花、生姜末、精盐、鲜汤、味精、湿淀粉各适量。

【制作】将平菇去根,洗净,放入开水锅内煮 1 分钟,捞出后用冷水冲凉,切成薄片,沥净水。炒锅上火,放油烧至五成热,加入平菇片,滑熟后倒入漏勺中沥净油。原锅内留底油适量,用葱花、生姜末炝锅,倒入洗净的蟹肉煸炒,烹入黄酒,随即加入鲜汤、精盐、糖、味精、平菇片,用小火煸5分钟,再用湿淀粉勾芡即成。

【功用】 清热散结,通脉滋阴,生精益髓,壮骨强筋。

【提示】 ①此菜特点为鲜香味美。②由于河蟹是在淤泥中生长的,它是以动物尸体或腐植质为食,因而蟹的体表、鳃及胃肠道中布满了各类细菌和污泥。食用前应先将蟹体表、鳃、脐洗刷干净,加工熟透后再食用。③蟹是一种发物,可引起变态反应,过敏体质者不宜吃蟹,患有皮肤湿疹、癣症、皮炎、疮毒等皮肤瘙痒者也应忌食。蟹肉中胆固醇含量较高,患有冠心病、高血脂症、高血压病、动脉硬化症者应当少吃或不吃蟹。④慢性胃炎、十二指肠溃疡、胆囊炎、胆结石症、肝炎活动期、伤风发热、胃痛以及腹泻的病人慎食蟹肉。

金针菇炒腰花

【原料】 鲜金针菇250克,猪腰子1对,精盐、黄酒、酱油、湿淀粉、葱段、生姜片、植物油各适量。

【制作】 将猪腰子对剖,去腰臊、筋膜洗净,斜切成花刀块,放入碗中,加酱油、黄酒、精盐拌匀。将金针菇去杂洗净,切成段。炒锅上火,放油烧热,加入葱段、生姜片煸炒,放入腰花煸炒,炒熟入味,再加金针菇炒入味,用湿淀粉勾芡,起锅装盘即成。

【功用】 健脑益智,补肾强腰。

【提示】 ①此菜特点为质嫩味鲜,滑脆爽口。②由于猪腰子的腥膜味较重,加工时要用刀剖开猪腰子,用刀片去腰膜,然后再清洁。炒腰花宜旺火快炒,火候不到,腰花易含血,火候过头则使腰花失去脆嫩。烹调时还要加入适量的葱、生姜、黄酒、胡椒粉等调料,可有助去除异味,增加鲜香。

木耳对虾

【原料】黑木耳 50 克,鲜对虾 2 对,黄瓜片 50 克,胡萝卜片 50 克,鸡蛋 1 个,黄酒、精盐、葱花、生姜末、淀粉、醋、植物油各适量。

【制作】将黑木耳用冷水浸泡 24 小时,择去杂质、根蒂,用清水漂洗干净,捞出,沥干水。对虾去掉虾头、皮和虾肠,洗净后用刀片成薄片,放入碗中,加鸡蛋清、精盐、淀粉拌匀浆好。炒锅上旺火,放油烧至六成热,下虾片滑透,倒入漏勺中沥净油。炒锅上火,留底油烧热,下葱花、生姜末煸炒出香味,下虾片、胡萝卜片、黄瓜片、黑木耳煸炒,烹入黄酒、醋,加入精盐、味精,旺火快速翻炒,用湿淀粉勾薄芡,淋上麻油,出锅装盘即成。

【功用】滋阴润燥,气血双补,壮阳起痿。

【提示】①此菜特点为味鲜咸香。②咯血、哮喘病人不宜食用。

芙蓉鱼丝

【原料】鳜鱼净肉 150 克,鸡蛋 6 个,熟火腿 20 克,水发香菇

2 片,绿菜叶 1 张,精盐 2 克,味精 2 克,黄酒 6 克,湿淀粉 2 克,干淀粉 0.5 克,鲜汤 100 克,植物油 500 克(实耗约 75 克)。

【制作】将鱼肉洗净、沥干,放盘内。水发香菇去蒂与绿菜叶洗净同放盘内。将鳜鱼肉放砧板上片成厚片,再切成丝,放入碗内,用半只鸡蛋清加精盐、黄酒、干淀粉,抓拌。将火腿、水发香菇、绿菜叶分别切成菱形小片。将鱼丝放入鸡蛋清碗内加味精、精盐、湿淀粉轻轻拌匀。炒锅上火,放油烧至五成热,将鸡蛋清鱼丝用手勺分两次放入油内,推动手勺待鸡蛋清鱼丝浮起,锅离火,倒入漏勺中沥油。炒锅再上火,将火腿、香菇、绿菜叶倒入锅内,加入鲜汤、黄酒、味精、精盐,用湿淀粉勾芡,再将芙蓉鱼丝倒入锅中,颠翻炒锅,轻推手勺,淋上明油,离火装盘即成。

【功用】养血补血,健脾和胃。

【提示】①此菜特点为色彩鲜明,形似芙蓉,鲜嫩味美,油润爽口。②寒湿者不宜食用。咯血、哮喘病人不宜食用。

香菇藕饼 ∿∿∿

【原料】水发香菇 50 克,莲藕 400 克,面粉 50 克,香菜 10 克,嫩生菜 100 克,酱油 5 克,胡椒粉 2 克,麻油 5 克,植物油 50 克,精盐、味精各适量。

【制作】将藕去皮洗净,切成细丝,加精盐、胡椒粉拌匀,腌约 10 分钟,沥净水。香菇去掉菇柄,切成碎末,放在藕丝中。香菜洗净,沥净水,切成碎末,放在藕丝中;生菜洗净分开,沥净水后摆在平盘内。藕丝中加入酱油、味精、麻油、面粉拌匀,做成 12 个厚 1 厘米的团饼。炒锅中放油,用小火烧热,放入藕饼煎至金黄酥脆时出锅,放在生菜上面即成。

【功用】健脾开胃,益气补虚。

【提示】①此菜特点为清香酥脆,色泽鲜亮。②油煎时要用小火慢煎,不能煎煳。

青荷虾茸肉糜

【原料】猪脊肉200克,虾肉200克,鲜荷叶2张,黄酒50克,生姜末20克,葱花20克,胡椒粉1克,味精1克,精盐2克,植物油50克,淀粉3克,鸡蛋1个,麻油适量。

【制作】将肥瘦猪脊肉洗净,剁成肉糜。将虾肉剁成茸。鲜荷叶洗净用开水烫软,再用冷水漂凉,切成边长10厘米正方形片。虾茸和肉糜分别加黄酒、生姜末、葱花、胡椒粉、味精、精盐腌渍。鸡蛋去黄,加入淀粉调匀,再与虾茸、肉糜调匀,用荷叶包好。锅中用油滑一下倒出,留油适量,煎至荷叶包内肉糜熟透,起锅装盘。食时打开荷叶,淋上适量麻油即成。

【功用】益胃和气,生津润燥,补肾润肤。

【提示】①此菜特点为虾鲜肉嫩,荷香扑鼻。②制虾茸时要顺一个方向用劲搅匀。荷叶要新鲜洗净。

拖煎黄鱼

【原料】大黄鱼1条,鸡蛋4个,面粉、葱、生姜、蒜、香菜、精盐、白糖、醋、黄酒、味精、花椒、鲜汤、植物油各适量。

【制作】将黄鱼刮净鳞,除净鳃及内脏,洗净,在鱼身两面打上平行横刀纹,用拍松的生姜块、葱段、花椒、黄酒、精盐抓匀腌渍30分钟左右。鸡蛋打碗内搅散,余下的葱、生姜切成丝,蒜切成片,香菜切成段。锅内加少许植物油,布满锅底,烧热后,将鱼两面沾匀干面粉,在鸡蛋液中拖一层蛋液,放入锅中两面煎至金黄色,盛出;锅内余油烧热,加葱花、生姜丝、蒜片爆香,烹入黄酒、醋,加入鲜汤、白糖、精盐、味精,把鱼推入锅内,用小火候烧20分钟左右,待鱼肉熟后,盛出装盘,撒上香菜段即成。

【功用】滋补填精,开胃益气。

【提示】①此菜特点为清淡不腻,原汁原味。②因鱼体较厚,煎时两面要打上花刀;入锅煎,油温不宜太高,油不宜多,以免煎煳。煎后入锅煨,加入汤汁恰当,以收稠刚熟为宜。③因黄鱼动风发气,起痰助热,故不宜多食。有疮疡肿毒者慎食。

白萝卜煮豆腐

【原料】白萝卜250克,嫩豆腐250克,麻油、味精、精盐、蒜茸、淀粉各适量。

【制作】将嫩豆腐用沸水烫片刻,批成薄片备用。白萝卜洗净切成细丝,沾上淀粉后用温油煸炒,加水煮至酥烂,放入豆腐片批,调味煮沸,勾薄芡,淋上麻油,加少许蒜茸即成。

【功用】顺气化痰,消食利尿,减肥苗条。

【提示】①此菜特点为软嫩清鲜。②萝卜煮至酥烂后再放入豆腐。

萝卜煮鲜贝

【原料】萝卜 200 克,鲜贝 25 克,青豆 5 克,精盐、黄酒、白糖、鲜汤、湿淀粉各适量。

【制作】萝卜去皮切成条,再切成 3 厘米厚的小块,投入沸水锅中焯制一下,捞出,洗净待用。将鲜贝洗净,投入沸水锅内焯至断生,捞出待用。炒锅洗净,加入萝卜、鲜贝、鲜汤、黄酒,先用大火煮开后再用小火继续煮 10 分钟,投入青豆、精盐、白糖、味精,再把火开大,用湿淀粉勾芡即成。

【功用】消食顺气,补虚化痰,滋阴补肾。

【提示】①此菜特点为汤清味鲜。②鲜贝用沸水焯一下可去腥味。

蟹肉烧豆腐

【原料】蟹肉 100 克,豆腐 150 克,淀粉、植物油、葱花、生姜末、黄酒、精盐、酱油各适量。

【制作】将蟹蒸熟,取出蟹肉,蟹壳煎浓汁。豆腐切成小方块。炒锅上火,加油烧热,先煸葱花、生姜末,再将豆腐倒入,用旺火快炒,然后将蟹肉及蟹壳汁倒入,并加入黄酒、酱油、精盐等调料,急炒。淀粉用水调成汁,倒入锅中勾芡,烧开调匀即成。

【功用】清热活血,减肥轻身。

【提示】①此菜特点为汁浓菜鲜。②蟹与柿子不宜同食,以免腹泻。③脾胃虚寒者应少吃蟹。蟹是一种发物,可引起变态反

应,过敏体质者不宜吃蟹,患有皮肤湿疹、癣症、皮炎、疮毒等皮肤瘙痒者也应忌食。

蘑菇青菜心

【原料】蘑菇 350 克,青菜心 500 克,植物油 500 克(实耗约 50 克),鲜汤 300 克,精盐 3 克,味精 2 克,黄酒 2 克,白糖 3 克,湿淀粉 20 克,麻油 10 克。

【制作】将青菜心洗净,菜心头部削尖,再从菜心尖部用刀劈十字刀口,深度为菜心的 1/5。炒锅上火,放油烧至五成热,投入菜心,用勺不停地翻动,至菜心软熟,倒入漏勺内,控净油。原锅上火,依次加入鲜汤 100 克、炸好的菜心、精盐 1 克、味精 1 克、白糖,翻炒片刻,将菜心取出,整齐地码放在圆盘中。炒锅再上火,加入鲜汤 200 克,以及蘑菇、黄酒、精盐 2 克、味精 1 克,烧开后用湿淀粉勾芡,淋上麻油,搅匀后出锅盛在菜心中央即成。

【功用】清肺止咳,健脾利肠。

【提示】①此菜特点为色泽清雅,清淡鲜美。②蘑菇不宜多食,因其性凉,多食易动气发病。

蟹黄鱼翅

【原料】蟹肉 50 克,鲜蟹黄 150 克,水发鱼翅 300 克,火腿末 10 克,精盐、黄酒、味精、酱油、湿淀粉、麻油、葱段、生姜片、鲜汤各适量。

【制作】将水发鱼翅下冷水锅,滚烧一二次捞出,倒出腥水。

炒锅上火,放麻油烧热,放入葱、生姜煸香,加入冷水,倒入鱼翅煨烧一次,倒去腥水。再烧热油锅,煸葱、生姜,加水适量,倒入鱼翅煨烧,倒去腥水,直至腥味去净。将蟹黄剁碎放入碗内,加入少许汤、胡椒粉、生姜汁、黄酒拌匀。将锅烧热,加入麻油、黄酒、鲜汤、精盐、味精、酱油,放入鱼翅烧至鱼翅入味,放入蟹黄、蟹肉烧至熟,用湿淀粉勾芡,撒上火腿,出锅即成。

【功用】 健脑益智,补肾益精,强身健体。

【提示】 ①此菜特点为鲜嫩爽口。②选料要严格,一定要用活蟹。③鱼翅要涨发透,除沙去腥。

干烧黄鱼

【原料】 鲜黄鱼1尾(约重600克),榨菜25克,肥瘦肉30克,玉兰片25克,青椒15克,洋葱20克,红干椒10克,植物油、酱油、醋、白糖、精盐、黄酒、味精、麻油、葱、姜、蒜各适量。

【制作】 将鱼去鳞、鳃、内脏,在鱼身两侧剞成兰草花刀,用少许酱油腌制一下备用。再将玉兰片、洋葱、榨菜、青椒、肥瘦肉及干红椒切成小丁;葱、姜切豆瓣形;蒜切片。炒锅上火,放油烧至七成热,将鱼下锅,炸至外表略硬时捞出,控净油分。锅内留少许油,烧热,下葱、姜、蒜炝锅,再下肉丁煸炒,肉断生时再下榨菜、洋葱、玉兰片、红干椒,然后烹香醋、黄酒,加鲜汤和调料,下入炸好的鱼,用旺火烧沸,移小火慢烧,见汤汁稠浓时起鱼装盘,移旺火上收汁,放入青椒丁,加麻油出锅浇在鱼身上即成。

【功用】 滋补填精,开胃益气。

【提示】 ①此菜特点为咸香辣甜。②炸时火候不能过轻或过

重;收汤时要注意鱼膛汤汁要挤出;汁浓稠要适度。

金针菇烩肚片

【原料】鲜金针菇100克,鲜猪肚500克,精盐、黄酒、白糖、米粉、湿淀粉、植物油、鲜汤各适量。

【制作】将鲜金针菇去杂洗净。将猪肚洗净后切成片,放入锅中,加入黄酒煮15分钟,然后放在米粉中拌一拌(米粉内加入适量白糖、精盐),置油锅中炸至表面微黄时捞出。锅中放鲜汤,再放入金针菇烧开,将炸好的猪肚加入,烧沸后用湿淀粉勾芡即成。

【功用】健脑益智,补益脾胃。

【提示】①此菜特点为脆嫩爽滑。②正常猪肚应呈乳白色或黄褐色,黏膜光滑,组织结实而柔软,如袋状;胃幽门部和贲门部的肌肉无溃疡、发炎和出血,内壁略有饲料的发酵味,翻洗后即消失。变质猪肚呈微绿色,胃内壁黏膜发黏,组织松弛,嗅之有臭味。异常猪肚子的底部增厚发硬,不平整,可有寄生虫,寄生处有溃疡孔。有些异常猪肚子有出血、发红、发紫、水肿、灰黄色膜等。凡是变质和异常猪肚子均不能购买和食用。③猪肚胆固醇含量较高,冠心病、高脂血症等病人应少食。

松菇烩海参

【原料】水发松菇150克,水发海参300克,笋片50克,鸡汤、精盐、黄酒、味精、水菱粉、鸡油各适量。

【制作】将松菇洗净,捞出,沥干水,切成小块。海参、笋片分别切片,洗净,放在碗内,加鸡汤少许,上笼蒸约60分钟,取出备用。炒锅上旺火,倒入鸡汤,烧沸后放入海参、笋片、松菇、黄酒、精盐、味精,再沸片刻后加入湿淀粉勾薄芡,再淋入鸡油推匀,随即起锅,装入大碗内即成。

【功用】养血润燥,滋补强壮,理气和中。

【提示】①此菜特点为松菇滑润,鲜香味美。②松菇干品有咸淡之分,淡品是晒干的,用80℃左右的温开水浸泡至完全回软,然后剪去根,漂洗干净即可使用。松菇的咸品是经过盐渍的,必须反复用温开水浸泡2～3天,再放入锅中煮至咸味基本消除,然后才能使用。

烩四宝鸭 ❧

【原料】鸭脯肉100克,鸭肫200克,鸭舌20条,鸭掌200克,青菜心12棵,鸡蛋1个,蚝油10克,黄酒10克,精盐3克,味精2克,淀粉15克,鸡汤20克,鸡油50克,葱花5克,生姜末5克。

【制作】将鸭脯内去筋,片成薄片。鸭肫去皮后,亦片成薄片。鸭肉片用精盐少许拌一拌,加入用鸡蛋清、淀粉调成的蛋糊上浆。将鸭舌、鸭掌剥去表面黄老皮后,洗净,加入黄酒、葱花、生姜末,上笼蒸至八九成烂后取出,拆净大小骨头。小菜心洗净,放入沸水锅中焯一下捞出。将鸭片和鸭肫片分别放入沸水锅中焯一下捞出。炒锅上火,放入鸡汤、黄酒、蚝油、精盐、味精、白糖、青菜心、鸭舌、鸭掌、鸭肫、鸭片,烩透后下湿淀粉勾芡,淋上鸡油取出,装入

烩盆内即成。

【功用】滋阴补虚,清热润燥。

【提示】①此菜特点为色泽奶白,味浓鲜嫩。②凡受凉引起的不思饮食、腹部疼痛、腹泻清稀、腰痛、痛经等症状的人,暂不要食用鸭肉,以免加重病情。

烩鲈鱼片

【原料】净鲈鱼肉400克,净荸荠50克,水发黑木耳25克,韭黄50克,香菜叶10片,鸡蛋清25克,黄酒50克,精盐5克,香醋50克,葱花2克,生姜末2克,白胡椒粉1克,湿淀粉15克,鲈鱼骨白汤250克,麻油25克,熟猪油500克(实耗约70克)。

【制作】净鲈鱼片去骨刺,水发木耳挑去杂质,韭黄去老叶并香菜叶洗净备用。将鱼肉斜刀片成长约5厘米、宽约2.7厘米、厚约0.7厘米的片。荸荠切片,水发黑木耳撕成小朵,韭黄切成段。鱼片放碗中,加入鸡蛋清、精盐、湿淀粉搅至滋润。鲈鱼片、荸荠片、黑木耳、韭黄段、葱花、生姜末分别放入配菜器皿中。炒锅上旺火,放入宽油烧热,待油温升至三四成热,放入鱼片滑散至断生后,倒入漏勺中沥油。原锅置旺火上烧热,加底油70克,放入葱花、生姜末煸炒出香味,再放入韭黄段、荸荠片、黑木耳、鲈鱼骨白汤、黄酒、精盐烧沸,撇去浮沫,倒入鱼片烧沸。用湿淀粉勾稀芡,待芡汁熟透发亮后,淋入麻油即成。装入器皿,撒上白胡椒粉和香菜叶即可上席。上席后佐香醋蘸食。

【功用】强壮筋骨,益脾和胃,滋养五脏。

【提示】①此菜特点为芡汁乳白,咸鲜微辣,软嫩可口。②鱼片成形要保持长短、厚薄一致,不宜过薄,否则加热时易碎。③鱼片上浆时,浆液不要过厚,要充分搅至吃浆上劲。④鱼片滑油宜用低油温,否则鱼片易粘连,表面颜色发黄。

余鳜鱼片

【原料】净鳜鱼肉 300 克,精盐 3 克,味精 3 克,黄酒 2 克,腐乳汁 6 克,白糖 5 克,醋 15 克,鸡蛋清 20 克,湿淀粉、葱姜汁、麻油各适量。

【制作】取碗 1 只,放入腐乳汁、黄酒、生姜末、醋、白糖、麻油、味精,兑成调味汁。将鳜鱼肉洗净,切成片,加鸡蛋清、精盐、味精、葱姜汁、湿淀粉搅拌,腌 1 小时。炒锅上火,加入清水,浇至刚沸时,下鱼片余透捞出,晾凉装盘,浇入兑好的汁或将料碗随菜上桌。

【功用】滋补气血,益脾养胃,利尿消肿,降胆固醇。

【提示】①此菜特点为色白如玉,口感滑嫩,腐乳味浓。②咯血、哮喘病人不宜多食。③鳜鱼背鳍上的棘刺有毒,被刺伤后可引起剧烈肿痛,甚至发热、畏寒等症状,加工时应予注意。

清汤芙蓉鸭

【原料】熟鸭脯肉 150 克,净鱼肉 75 克,熟火腿 15 克,鸡蛋清 100 克,鸡蛋皮 10 克,水发香菇丝 10 克,香菜 8 克,鸡汤 50 克,鸡油 15 克,猪油 15 克,味精 4 克,黄酒 25 克。

【制作】将鸭脯肉切成约长 3.5 厘米的细丝;火腿修成花瓣形的小片待用。将鱼肉剁成茸放入碗中,加鸡蛋清 50 克、黄酒 15 克调和,再加入精盐 1 克、味精 1 克搅匀后,将鸭肉丝放入拌匀,挤成 16 个球,放入抹过猪油的盘中,上笼蒸约 8 分钟,至熟取出。将鸡蛋清 50 克放入盘中,抽打成泡沫状,将火腿花瓣与香菇丝、蛋皮丝、香菜叶在上面摆成芙蓉花形,然后将其放在鸭丝球上面,上笼蒸 1~2 分钟取出,放入大汤碗内。锅放火上,加入鸡汤,加黄酒、精盐、味精烧开,撇去浮沫,顺着碗壁将汤倒入碗内,淋入鸡油即成。

【功用】滋阴养胃,清肺补血,利水消肿。

【提示】①此菜特点为菜软鲜嫩,汤清味美,造型美观。②蒸制时间要适当,不宜过长。

氽鸡茸银耳

【原料】银耳 50 克,鸡脯肉 50 克,鸡蛋 3 个,淀粉 5 克,精盐 8 克,黄酒 5 克,味精 4 克,胡椒粉 3 克,麻油 2 克,鸡汤 750 克,猪油 10 克。

【制作】银耳用冷水泡开,洗净摘成小朵用开水烫一下捞出。鸡脯肉去筋用刀砸成细泥,加精盐 1 克、味精 1 克、猪油、鸡蛋清、淀粉化开。银耳蘸匀鸡茸下入开水内氽熟,捞出装入汤碗中。锅内加汤、黄酒、精盐、味精,烧开后加胡椒粉、麻油浇入碗内即成。

【功用】滋阴润肺,益气生津,补精添髓。

【提示】①此菜特点为色泽洁白,银耳脆嫩,汤鲜味美。②霉变的银耳不能食用,否则轻者发生头痛、腹胀、呕吐、抽搐和昏晕,重者会引起中毒性休克而死亡。③风寒咳嗽和湿热生痰咳嗽患者忌食。

氽鸡丝蜇头 ❧

【原料】水发海蜇头 500 克,鸡脯肉 150 克,鸡蛋 1 个,湿淀粉 25 克,精盐 4 克,味精 3 克,黄酒 5 克,胡椒粉 3 克,醋 2 克,葱花 5 克,生姜丝 5 克,香菜 5 克,鸡汤 750 克,植物油(实耗约 50 克),麻油 2 克。

【制作】鸡脯肉片成薄片再切成丝,用鸡蛋清、淀粉抓匀。海蜇头切成丝,用水洗净泥沙放入开水内焯一下,捞出投凉。炒锅上火,放油烧热,将鸡丝放入划散再取出倒入漏勺内。锅内放 10 克油,用葱花、生姜丝炝锅,添汤,放入精盐、黄酒、味精、鸡丝、海蜇头,汤烧开后撇净浮沫,放入醋、胡椒粉、麻油、香菜即成。

【功用】滋阴养颜,补精添髓,温中益气。

【提示】①此菜特点为鸡丝细嫩,蜇头脆爽,口味咸鲜酸辣。②脾胃虚寒者忌食海蜇头。

鸡球扒大乌参 ❧

【原料】水发大乌参 750 克,鸡脯肉 200 克,猪肥膘肉 100 克,酱油 20 克,黄酒 10 克,精盐 5 克,味精 2 克,白糖 4 克,葱白段 15 克,生姜片 15 克,湿淀粉 20 克,干淀粉 15 克,葱姜汁 10 克,鲜汤 750 克,植物油 500 克(实耗约 50 克),猪油 15 克。

【制作】将大乌参冲洗干净。鲜姜刮去外皮,并与葱白、鸡脯肉、肥膘肉分别洗净。将大乌参用刀斜片成大片,鸡脯肉、肥膘肉

分别斩成茸。将斩成茸的鸡脯肉、肥膘肉放碗内,加入黄酒、精盐、味精、葱姜汁、湿淀粉搅拌至滋润起黏性。炒锅加入宽油,置灶口上加热,视油温升至四五成热时,将调好的馅料挤成直径约 1.5 厘米的丸子,入油中浸炸至熟,捞出沥油备用。炒锅上火,加入猪油烧热后,放入生姜片、葱段煸炒出香味,随即加入鲜汤、酱油、黄酒、精盐、味精烧沸,捞出葱、生姜,放入大乌参片用微火烧制。待大乌参片软糯入味后,用旺火淋入湿淀粉勾芡,视芡汁熟透发亮,均匀包裹住原料即成。炒锅上火,放油烧热,放入葱段、生姜片煸炒出香味,随即加入鲜汤、黄酒、精盐、味精烧沸,捞出葱段、生姜片,放入炸好的鸡球,用微火烧至入味后,用湿淀粉勾芡即成。

【功用】 滋阴润肺,养胃健脾,补肾益精。

【提示】 ①此菜特点为棕红光润,咸鲜适中,海参软糯,鸡球软嫩。②炸制鸡球时的油温不宜过高,避免鸡球上色。③烧制大乌参和鸡球时,宜用微火,以使其充分入味。

三色扒豆腐

【原料】 豆腐 500 克,番茄 100 克,水发香菇 50 克,毛豆 100 克,精盐、白糖、鲜汤、味精、酱油、湿淀粉、麻油、植物油各适量。

【制作】 将豆腐片切成大块,平放在盆中。香菇片成厚片。鲜番茄切成菱形厚片待用。炒锅上火,放入油烧到六成热,将盆中豆腐倒去水,轻轻滑入油锅略煎,加调料和鲜汤,烧滚后改用小火烧 5 分钟。炒锅上火,放油烧热,下香菇、毛豆、番茄煸炒,随即倒入豆腐锅里,焖烧一会,用湿淀粉勾芡,淋上麻油,轻轻推匀即成。

【功用】 健脾益胃,益气和中,清热解毒。

【提示】①此菜特点为色艳味美,清淡爽口。②豆腐不能选择太嫩太老的,以嫩中偏老一些的最为合适。

蟹肉扒草菇

【原料】鲜草菇 500 克,熟蟹肉 150 克,熟火腿末 10 克,鸡蛋清 1 个、黄酒、精盐、味精、胡椒粉、湿淀粉、植物油、麻油、鸡油、鲜汤各适量。

【制作】将鲜草菇去蒂洗净,在顶部划十字刀口,下沸水锅焯一下捞出沥干水分。炒锅上火,放油烧热,烹入黄酒,加入清水,将鲜草菇下锅煨透,加入精盐煮入味捞出,沥干水分。炒锅上火,放油烧热,烹入黄酒,投入鲜草菇,加入鲜汤、味精,烧沸后用湿淀粉勾芡,再加入麻油推匀盛入盆内。炒锅上火,放油烧热,将蟹肉下锅略炒一下,烹入黄酒,加入鲜汤、精盐、味精推匀,用湿淀粉勾芡。将鸡蛋清搅散后,倾入锅中搅匀,加入鸡油、麻油推匀。淋在鲜草菇上面,撒上胡椒粉、熟火腿末即成。

【功用】补益肝肾,强壮筋骨,润肤养颜。

【提示】①此菜特点为蟹肉鲜香,草菇滑脆。②平素脾胃虚寒、大便溏薄、腹痛、过敏之人忌食蟹肉。

陈皮扒鸭条

【原料】不带骨的熟白鸭肉 200 克,陈皮 20 克,植物油 50 克,酱油 25 克,葱段 20 克,生姜片 10 克,蒜片 5 克,大茴香 5 克,淀粉

20 克,鲜汤 100 克,味精、白糖各适量。

【制作】 将陈皮洗净水煮,提取陈皮浓缩汁 20 克。熟白鸭肉坡刀片成条。淀粉用水泡上。炒锅上旺火,放油烧热,下葱段、生姜片、蒜片、大茴香煸香,用黄酒一烹,加入鲜汤、酱油、白糖,煮沸片刻后捞去调料,将鸭条面朝下放入锅内,移至小火上煨透,再移至旺火上,加入味精,用湿淀粉及陈皮浓缩汁勾芡,淋上热油,炒匀出锅装盘即成。

【功用】 增强消化,养阴健脾,利水化痰。

【提示】 ①此菜特点为香嫩可口。②燥热实邪者勿食陈皮。

百合酿藕

【原料】 粗壮肥藕 1 节,百合 50 克,山药 50 克,红枣 20 克,猪网油 2 张,冰糖、面粉、牛奶、蜂蜜各适量。

【制作】 将百合洗净,脱瓣后用清水浸泡,然后捞出沥水,切碎。山药洗净,下锅煮熟,去皮制成泥。红枣去核切碎。百合、山药、红枣一同放入碗内,加入面粉、牛奶、蜂蜜调匀。切开藕的一端,洗净后将百合等填满藕孔,再用牙签将切开的藕节封牢,放入沙锅内加水煮熟,捞出削去藕皮,再改刀切成厚片。网油洗净垫入碗底,码入藕片,加入冰糖,再盖上网油,上笼用旺火蒸片刻,取出去掉网油,扣入盘内即成。

【功用】 滋养润肺,补益脾胃,养心安神。

【提示】 ①此菜特点为香糯甘甜。②百合性偏凉,凡风寒咳嗽、虚寒出血或脾虚便溏者皆不宜食用百合。

豆豉鳊鱼

【原料】鳊鱼2条(重约1 000 克),豆豉50 克,猪肉100 克,葱花、生姜末、蒜茸、豆瓣酱、黄酒、精盐、胡椒粉、味精、酱各适量。

【制作】将鳊鱼去鳞、鳃及肠杂,洗净后用精盐、黄酒、胡椒粉、味精浸渍入味。豆豉洗净,上笼蒸烂,取出用刀压成泥;豆瓣酱适量用刀切细。猪肉洗净,切成末。炒锅上火,加油烧热,放入适量的葱花、生姜末、蒜茸,稍炒后再下肉末炒至变色,然后加豆瓣酱和黄酒、精盐、味精调味,出锅晾凉。将浸渍好的鳊鱼放入长盘中,炒好的豆豉汁均匀地撒在鱼身上,上笼蒸15分钟即成。

【功用】健脑益智,健脾养胃。

【提示】①此菜特点为豉香鱼鲜。②便溏不成形及痢疾者慎食鳊鱼。

香菇鸭肫

【原料】大朵香菇150 克,鸭肫250 克,虾仁100 克,猪肥肉50 克,鸡蛋2 个,熟火腿末25 克,香菜150 克,黄酒、精盐、淀粉、味精、鲜汤各适量。

【制作】将香菇用温水泡软,去蒂、挤干水分备用。鸭肫撕去外皮,刻"一"字花刀,放入沸水中焯一下,成一朵朵菊花形状,捞出洗净后放在碗内,加黄酒、鲜汤、精盐,上笼蒸烂。虾仁、猪肥肉洗净后分别剁细后放在一起拌匀,加入鸡蛋清、淀粉、精盐,再拌匀,分成若干份。香菇面朝盆底,一只只摊开,每只铺适量淀粉。将每份虾仁、猪白膘肉瓤在香菇上抹平,再用熟火腿末、香菜叶放在上面加以点缀,上笼蒸熟。炒锅内加鲜汤、黄酒、精盐、味精,烧几沸后盛在大汤碗内,将蒸好的鸭肫、香菇先后放入汤中即成。

【功用】滋阴养胃,利水消肿。

【提示】①此菜特点为菇香鲜美,鸭肫脆嫩。②香菇为动风食品,顽固性皮肤瘙痒症者忌食。《随息居饮食谱》曰:"痘瘆后、产后、病后忌之,性能动风故也。"

金菇扣三丝

【原料】鲜金针菇150克,熟竹笋100克,熟鸡肉100克,熟火腿100克,鲜汤400克,植物油30克,精盐、味精各适量。

【制作】将鲜金针菇去杂洗净,放入沸水锅中焯一下,捞出沥净水分,切成6厘米长的丝。熟竹笋、熟鸡肉、熟火腿分别切成6厘米长的丝,待用。取扣碗1只,将金针菇丝、熟竹笋丝、熟鸡肉丝、熟火腿丝分别整齐地排入扣碗中。取鲜汤100克、精盐1.5克和植物油20克,上笼蒸约10分钟;同时另用一锅上火,放入鲜汤300克,再将扣碗中的汤滗入锅中,烧沸,加精盐1克、味精1克、植物油10克,再烧沸。先将金针菇和三丝扣入汤碗中,取出扣碗,将汤慢慢地倒入汤碗中即成。

【功用】健脑益智,健美减肥。

【提示】①此菜特点为汤香味鲜,质嫩爽滑。②选料要新鲜,已经腐烂的鲜金针菇不宜食用。③金针菇性寒,平素脾胃虚寒、腹泻便溏者忌食。

口蘑炖乳鸽

【原料】乳鸽2只,口蘑50克,鸡蛋1个,麻油20克,淀粉25克,精盐、味精、黄酒、葱花、生姜末各适量。

【制作】将鸽子宰杀洗净,切成2厘米大的方块,用凉水泡去血沫,捞出,控干,放在碗内。将口蘑洗净一切两半,用鸡蛋清、淀粉、精盐、麻油、味精、葱花、生姜末、黄酒拌匀,盛在碗里,上笼蒸烂,出笼扣在汤盘里即成。

【功用】滋阴益气,健脾养胃。

【提示】①此菜特点为鸽肉鲜嫩,味美可口。②因贮存过久而发霉变质的口蘑不宜食用。

海带小排骨

【原料】干海带2根,猪小排骨500克,葱结、生姜片、黄酒、精盐、味精各适量。

【制作】将干海带用清水泡发洗净,切成2厘米见方的块,入开水锅,烧开后捞出,用清水冲洗净,泡在清水中备用。猪小排骨洗净,斩成3厘米宽的方块,置开水锅中,烧滚后撇去浮沫,加入葱结、生姜片、黄酒、海带,盖上盖,转用小火炖3小时,拣去葱结、生姜片,加入精盐、味精调味,烧滚后即成。

【功用】滋阴润燥,益肾补碘。

【提示】①此菜特点为清淡油润。②干海带要用清水浸泡后洗净黏液、沙粒。

姜醋炖牛肚

【原料】牛肚1个,食醋、黄酒、精盐、味精、葱花、生姜末、麻油、鲜汤各适量。

【制作】将牛肚洗净,在光滑的一面每隔0.5厘米划上刀痕,深度为牛肚的2/3,并切成条块,用清水漂渍。炒锅上火,放入麻油烧热,放入葱花、生姜末炝锅,然后下肚块翻炒,再加食醋、黄酒、精盐、鲜汤,用旺火烧开,再用小火炖至牛肚熟烂,加入味精调味即成。

【功用】健脾养胃,补养元气,强壮身体,防老抗衰。

【提示】①此菜特点为牛肚酥烂,咸鲜略酸。②牛肚要洗净,用手将牛肚一头翻起,另一头挤进,以全部翻转,将内壁冲洗干净,然后翻转过来,用精盐或明矾反复搓擦牛肚的外壁,擦后用清水洗净。

山药炖鸽

【原料】鸽子2只(重约500克),山药100克,小葱结25克,生姜块(拍松)25克,精盐5克,冰糖3克,黄酒25克,鸡汤1 000克,熟鸡油10克。

【制作】将山药削去外皮,切成厚一分的薄片,放在开水锅里烫一下捞起,用水洗净,待用。将活鸽子浸入冷水中溺死取出,再放入60℃左右的热水中烫一下,去毛,洗净,然后在腹部(靠近肛门附近)上开一个小口,抠出内脏,用水洗净,放入开水锅中焯一下捞出,再用水洗一次。将鸽子放在沙锅中,加入葱结、生姜块、山药片、鸡汤、黄酒、精盐、冰糖、盖上锅盖,上笼用旺火蒸90分钟左右取出,淋上熟鸡油即成。

【功用】滋养肝肾,补益脾胃,祛风解毒。

【提示】①此菜特点为汤色清白,鸽肉酥烂,山药鲜香,原汁原味。②山药有一定的收敛作用,凡有实邪、湿热及大便燥结者不宜食用。

赤豆炖鹌鹑

【原料】鹌鹑6只,赤小豆50克,葱段10克,生姜片10克,鲜汤1 500克,精盐3克,味精2克,黄酒30克,胡椒粉3克。

【制作】赤小豆用清水洗净。鹌鹑宰杀后去净毛,开膛去内脏,去脚爪,入沸水锅内焯去血水,对砍成两块,再用清水洗净。锅置火上,放入赤小豆、葱段、生姜片、胡椒粉、精盐,加入鲜汤,用旺火烧开后改用小火慢炖90分钟,再放入鹌鹑继续炖至肉烂,加味精调味,拣去葱姜不用,装盘即成。

【功用】利水除湿,益气减肥,美容护肤。

【提示】①此菜特点为肉香汤鲜。②尿多之人忌食赤小豆。

蒜头炖乌龟

【原料】大蒜头 90 克, 乌龟 1 只, 红枣 15 枚, 植物油、精盐、味精各适量。

【制作】将大蒜头剥去皮, 洗净压烂成泥。乌龟放入沸水中烫死, 剁头, 去爪, 揭甲壳, 剖腹去内脏后洗净, 将大蒜头、红枣纳入乌龟腹中, 置入锅中加水炖至龟肉熟烂, 再加入植物油、精盐、味精调匀, 煮一沸即成。

【功用】滋阴润燥, 补血益胃, 补虚抗癌。

【提示】①此菜特点为蒜头香, 龟肉烂。②大蒜是产热之品, 食用过多会动火、耗血, 并影响视力。大蒜有强烈地特殊气味和刺激性, 对胃、肝、肺及眼的刺激更明显。故胃病、肠炎、眼病、肝炎、皮肤病、痔疮、便秘、心脏病、口腔炎和喉炎等病人不宜食用大蒜。

猪肉焖海参

【原料】水发海参 250 克, 瘦猪肉 150 克, 香菇 5 枚, 冬笋 50 克, 葱白 2 根, 生姜 3 片, 蒜茸 5 克, 鲜汤、酱油、黄酒、白糖、湿淀粉、胡椒粉、麻油、植物油各适量。

【制作】将海参外表洗净切成块, 放入有葱白、生姜片的开水锅中焯一下, 捞出沥干水分。瘦猪肉大块在沸水中煮熟后切成片。香菇洗净泡软, 冬笋在沸水中焯过, 捞起沥干。炒锅上火, 放油烧热, 用葱白、生姜片焅锅, 加入猪肉片、笋片、香菇和蒜茸拌炒, 加入海参和酱油、鲜汤、黄酒、白糖各适量, 焖 5 分钟, 用湿淀粉勾芡, 撒上胡椒粉,淋上麻油,起锅装盘即成。

【功用】防癌抗癌,益气养阴。

【提示】①此菜特点为海参糯软,猪肉味鲜。②患急性肠炎、细菌性疾病者忌食。

鹅肉焖鱼鳔

【原料】鹅肉250克,鱼鳔50克,生姜丝、葱白、精盐、味精、酱油、植物油各适量。

【制作】将鹅肉洗净切块。鱼鳔用温水泡软,沥干。炒锅上火,放油烧热,下生姜丝、葱白炸香,放入鹅肉块、鱼鳔和清水适量,翻炒片刻,投入酱油、味精拌匀,小火焖至熟,出锅即成。

【功用】强肾益精,补虚抗癌。

【提示】①此菜特点为色泽红亮,肉香浓郁。②脾胃阳虚、湿热内蕴、皮肤疮毒或瘙痒症者及有痼疾者均忌食鹅肉。

焖鳗鱼

【原料】鳗鱼1 200克,母鸡骨架1只,猪肘250克,水发香菇40克,罐头笋100克,熟火腿100克,精盐3克,黄酒15克,胡椒粉3克,酱油25克,味精2克,白糖5克,植物油1 000克(实耗75克),葱结10克,生姜块10克,麻油20克。

【制作】将鳗鱼的头部切下,剁成3厘米长的段,再逐段去内脏,用水洗净,并用少许精盐、黄酒拌匀,然后置于八成热的油

锅中稍炸捞出。鸡骨架、猪肘分别洗净,剁成块,下沸水中焯后捞出。笋、香菇、火腿均切片。炒锅上火,放油烧热,下葱、生姜稍煸,放入鸡骨架、猪肘煸炒一下,加入清水、鳗鱼、香菇、笋片、火腿片,待汤沸后撇去浮沫,加入酱油、黄酒、精盐、胡椒粉、白糖、味精,调好口味,转用小火烧约40分钟,待鳗鱼段酥烂、汤汁稠浓时,去鸡骨架、猪肘、葱、生姜,再用旺火收浓汤汁,淋上麻油,出锅装盘即成。

【功用】补虚祛风,延年益寿。

【提示】①此菜特点为鱼肉酥烂,滋味鲜美。②病后脾肾虚弱、痰多泄泻者忌食鳗鱼。③河鳗血中有毒素,不能吃生鳗鱼或生饮鳗鱼血。④口腔黏膜、眼黏膜受损者和手指受伤均应避免直接接触鳗鱼血,以免引起炎症。

葱姜焖肉蟹

【原料】肉蟹800克,大葱白150克,熟鹌鹑蛋7个,精盐5克,白胡椒粉2克,味精2克,黄酒10克,醋3克,葱花10克,生姜末10克,面粉70克,植物油500克(实耗约75克)。

【制作】将蟹刷洗干净,去脐、壳及肺、胃等,剁成块,加精盐、黄酒腌20分钟,用干面粉拌匀。将鹌鹑蛋去壳,加调料煮至入味取出,从中间剖开。葱白切成斜刀块。炒锅上火,放油烧至七成热,下入蟹块,炸至色红捞起沥油。炒锅上火,烧热加底油,下葱花、生姜末炒香,倒入蟹块,下精盐、黄酒、胡椒粉、醋、味精及鲜汤适量,小火焖10分钟,收浓汤汁,起锅装盘,将鹌鹑蛋、葱白块,间隔地摆在蟹块周围即成。

【功用】清热通阳,祛风发汗,解毒消肿,养筋壮骨。

【提示】①此菜特点为色泽黄亮,蟹肉鲜嫩,葱姜味浓。②过敏体质者慎食。

虾子黄焖鸡

【原料】净鸡脯、鸡腿肉450克,虾子15克,猪肉150克,鸡蛋黄4个,小葱段5克,生姜片5克,精盐5克,酱油15克,白糖5克,黄酒10克,花椒10粒,湿淀粉50克,鸡汤750克,植物油100克。

【制作】将鸡脯、鸡腿肉皮向下平摊在案板上,用刀背排砸均匀。猪肉选用50克肥肉、100克瘦肉刹成肉泥。虾子洗净沥干。将肉泥放在碗里,加精盐1克、湿淀粉15克、鸡蛋黄2个和水30克搅拌上劲成馅。用鸡蛋黄2个、湿淀粉15克调成蛋黄糊,先在鸡肉上抹上一层,再把肉馅抹匀在鸡肉上。剩下的蛋黄糊加上湿淀粉10克,调成糊抹在肉馅上。锅放在中火上,放油烧至五成热,将鸡肉下锅煎成金黄色取出。在原锅余油中放葱段、生姜片、花椒,炸出香味。将原锅中葱段、生姜片、花椒捞出,倒入鸡汤,加上虾子、黄酒、酱油、白糖和精盐。放入鸡肉烧开后,移至小火上炖熟取出,切成7厘米宽、5厘米长的块摆在盘内。在原汁中用湿淀粉调稀勾芡,浇在鸡肉上即成。

【功用】滋阴益气,补肾壮阳。

【提示】①此菜特点为鸡肉酥烂,醇香可口。②凡感冒发热及内火偏旺者忌食鸡肉。③高血压和高脂血症者忌食鸡肉。

肉片四季豆

【原料】猪肉 150 克,四季豆 250 克,酱油、黄酒、精盐、味精、葱花、生姜末、蒜片、湿淀粉、植物油、花椒油各适量。

【制作】将肉切成柳叶形片;四季豆摘洗干净,用斜刀法切成 4 厘米长的抹刀段,下沸水锅中焯透,用清水投凉,控净水分备用。炒锅上火,放油烧热,下肉片煸炒至变色,再下葱花、生姜末、蒜片,炒出香味,烹黄酒,加酱油,添汤,下焯好的四季豆,旺火见沸加精盐,转小火焖至熟烂,加味精,再旺火收汁,加湿淀粉勾芡,翻炒均匀,淋上花椒油,出锅装盘上桌即成。

【功用】滋阴润燥,调中益气,健脾利肾。

【提示】①此菜特点为鲜嫩清雅,咸香可口。②刀工原料要薄厚长短均匀一致。③原料焯水后要清水投凉,保持四季豆鲜脆本质和碧绿颜色,④焖制中要注意锅中汤汁情况,及时进行火力转换调整,达到适时适当。

栗子鸭块

【原料】鸭肉 750 克,生姜末 1 克,去皮栗子 250 克,味精 1 克,高粱酒 50 克,鲜汤 400 克,白糖 10 克,植物油 600 克(实耗约 60 克),酱油 15 克,湿淀粉 10 克。

【制作】将鸭肉大骨剔除,放入沸水锅中稍焯取出,切成四方形 12 块。栗子下油锅炸熟,捞起。炒锅上旺火,放油烧到七成热,先放入生姜末、白糖、酱油、高粱酒稍炒起味,随即放入鸭肉块,加入鲜汤 100 克,迅速翻炒 3 分钟,待汤汁欲干时再泼入鲜汤 100 克,翻炒至鸭块呈现金黄色。将炒锅移在小火上,加入鲜汤 200 克和炸熟的栗子,加盖煨 10 分钟(锅内汤汁要保持有 100 克以上),最后加入味精,用湿淀粉调稀勾芡,煮沸时颠锅两下装盘即成。

【功用】 滋阴益肾,健脾养胃。

【提示】 ①此菜特点为色泽淡黄,鸭肉嫩滑,醇厚鲜美。②鸭肉下沸水锅中焯水时间不宜长,以免肉质变老和营养成分流失。

鹌鹑炒螺片 ✦✦✦✦

【原料】 鹌鹑肉 200 克,响螺肉 200 克,草菇 150 克,鲜汤 100 克,鸡蛋 1 个,植物油 500 克(实耗约 100 克),生姜片、葱结、味精、精盐、黄酒、胡椒粉、白糖、淀粉、麻油各适量。

【制作】 鸡肉、螺肉均切成 2.4 厘米长、1.8 厘米宽的长方片,中间用刀剞一道缝。将鹌鹑片盛入碗内,加入鸡蛋清、淀粉、精盐拌匀,然后将一片鹌鹑肉、一片螺肉叠齐。炒锅上火,放油烧至五成热,放入螺片,用勺滑散,约 1 分钟后,倒入漏勺内沥去油。取碗 1 只,放入鲜汤、味精、精盐、白糖、胡椒粉、麻袖、淀粉,调成芡汁。炒锅上火,放油烧热,投入生姜片、葱结、草菇,煸透后放入螺片,烹入黄酒,倾入芡汁颠翻几下,加入明油推匀,起锅装盆即成。

【功用】 清热利湿,通便解毒,补脾养胃,补益肝肾,强壮身体。

【提示】 ①此菜特点为爽脆、嫩滑、鲜香。②滑油时要用温油,时间不能过长,以免肉质不嫩。

冬季健身餐

　　冬季是指我国农历立冬、小雪、大雪、冬至、小寒、大寒 6 个节气,即农历的 10、11、12 月份。冬季的自然界天寒地冻,为了适应这一时期的自然变化,人体的生理功能也处于低谷,趋于潜藏沉静之态。与其他季节相比,这在中老年体质虚弱者和慢性病患者身上表现得尤为突出。因此,冬季饮食要有丰富、足够的营养,热量要充足。食物应是温热性的,有助于保护人体的阳气,以拥阴护阳为主导,佐以清燥,提高抗御风寒能力。冬季气候寒冷,人体阳气潜藏,各脏腑功能减退。而冬季食品单调,新鲜蔬菜少,饮食调养要适当加入优质蛋白、高热量的食物,如牛羊肉、狗肉、鸡肉、鸡蛋、鱼虾类、豆类及其制品、芝麻、花生、香蕉、橘子、桂圆、荔枝及新鲜蔬菜等食品,以增加人体的耐寒和抗病能力。

　　冬季是饮食补养的最好季节,民间有"冬季进补,开春打虎"的谚语。冬季食补应以温补为主,温热性的食物有狗肉、牛肉、羊肉、鸡肉、雀肉、龟肉、虾仁、黄豆、蚕豆、刀豆、淡菜、胡萝卜、葱、蒜、椒、韭菜、芥菜、青菜、香菜、胡椒、糯米、红糖、核桃仁、桂圆、红枣、橘子、柚子、松子仁等。冬季的饮食保健应讲究科学调配,可以多增加一些优质蛋白质和富含矿物质的食物。一般说来,偏于阳虚者食补时以羊肉、狗肉、鸡肉为主。羊肉、狗肉性温热,具有温补强壮的作用,鸡肉偏甘温,有温中益气、补精益髓的功效。阳气虚弱、气血不足者还可选择食用牛骨髓。偏于阴血不足者,应以鹅肉、鸭肉为主,鹅肉性味甘平,可利五脏,解五脏热,止消渴,补虚益气,暖胃生津。鸭肉性甘寒,有养阴养胃、补肾、除虚弱以及消肿、止咳化痰的作用。此外,鳖、龟、藕、黑木耳等也是阴虚者的冬令佳品。

冬季饮食一要防止滞而不消化,冬天,多厚味,脂肪多,易引起泄泻或发胖;二要防止生内热,引起喉炎、牙龈肿痛等证;三要尽量多吃青菜,多吃豆类及萝卜等。

银丝白菜

【原料】白菜梗250克,绿豆芽150克,水发粉丝100克,芝麻酱25克,精盐3克,酱油10克,白糖10克,醋15克,麻油、味精各适量。

【制作】将白菜梗切成细丝,一层白菜丝一撮精盐,排放整齐,腌制2~3小时。绿豆芽与粉丝分别用沸水烫一下,捞起浸在凉开水中,凉后再沥干水分。白菜丝轻轻挤去水分,加入粉丝与绿豆芽,再加调料拌匀即成。

【功用】通利肠胃,润肺清热。

【提示】①此菜特点为色白香鲜,清脆爽口。②绿豆芽烫至断生即可,不要烫得太烂。③爱食辣味者可酌加辣椒油。

拌素什绵

【原料】冬笋100克,黄瓜100克,玉米笋100克,水发香菇100克,鲜蘑100克,胡萝卜50克,青菜100克,味精2克,植物油

20 克,精盐 2 克,胡椒粉 2 克,花椒 2 克。

【制作】将冬笋切片,黄瓜、胡萝卜切条,香菇、鲜蘑大个改刀,小个整用。青菜洗净。将各种原料分别下沸水锅焯一下,捞出过凉,放精盐拌一下,将汤控去。炒锅上火,放入麻油,将花椒炸透捞出。花椒油晾凉后同其他调料一起放入菜中拌匀即成。

【功用】清热解渴,益气健脾,利膈爽胃。

【提示】①此菜特点为清淡适口。②各种原料烫制时要根据性质不同,烫制时间长短不一,注意不要烫得太烂。③拌盐后控汤,便于入味,拌出的菜味道更佳。

鸡丝冬笋 ❦❧❦❧

【原料】鸡脯肉 200 克,冬笋 100 克,香菜 5 克,海米 5 克,花椒油、精盐、味精、鸡蛋清、淀粉、植物油各适量。

【制作】将鸡脯肉切成 5 厘米长,2 毫米细的丝,加精盐、鸡蛋清、淀粉上浆。炒锅上火,放油烧至四成热,下上浆的鸡丝,滑散滑透后倒入漏勺中,控净油分,装入小盆备用。将冬笋切成与鸡丝相应的丝,下沸水锅中焯透,再用冷水冲凉,控净水分后装入鸡丝盆内。香菜洗净,切成 1.5 厘米长的段;海米洗净,装入鸡丝冬笋盆内;加花椒油、精盐、味精调拌均匀,装盘即成。

【功用】温中益气,补精添髓,通利肠胃。

【提示】①此菜特点为鲜香味美,脆嫩清爽。②鸡脯丝切制的难度较大,应先直刀切成 5 厘米长的段,再用平刀片成薄片,最后再顺着肌肉纹路切成鸡丝。③鸡丝上浆要薄而匀,滑油时要掌握好油温,使用植物油,滑散滑透即成。④调拌时注意掌握调味和拌匀,口味不可重,以清淡爽口、滑嫩鲜香为度。

姜汁肚片 ❦

【原料】熟猪肚 400 克,青菜 50 克,胡萝卜 25 克,生姜、精盐、味精、麻油、醋各适量。

【制作】先将熟猪肚切成整齐均匀的片备用。青菜、胡萝卜洗净,切成同猪肚片一致的片,放沸水锅中焯透捞出,用凉水冲凉洗净,挤干水分,同猪肚片一起放在盆中。将生姜切碾成细末,放小碗内,加醋泡上,再加适量的精盐、味精、芝麻油,制成调味姜汁,浇在主配料中拌匀入味。将入味的姜汁肚片装盘即成。

【功用】温补虚损,健脾益胃。

【提示】①此菜特点为色泽鲜艳,姜味突出,香脆爽口。②猪肚片一定要煮烂。③青菜和胡萝卜用开水焯熟,应注意掌握好火候,原料的成熟度要恰到好处,既要保持脆嫩的质地,还要保持青菜碧绿生青的色泽,肚白、菜绿、胡萝卜金红,拌在一起不仅口味好,同时也色泽鲜艳,诱人食欲。

麻酱笋尖 ❦

【原料】笋尖 300 克,芝麻酱、蒜茸、精盐、味精、醋、白糖、调味油各适量。

【制作】将笋尖切条,放沸水中焯烫透,捞出放入清水中投凉,挤出水分,放入盘中。将芝麻酱、花椒油、蒜茸、精盐、味精、白糖、醋、调料油拌匀成调味汁,浇在笋尖上,拌匀即可上桌食用。

【功用】 清热消痰,利膈爽胃,消渴益气。

【提示】 ①此菜特点为脆嫩鲜香,酸麻爽口。②主料要切配均匀,焯烫要注意掌握好火候和时间,既要保持笋尖的脆嫩本质,又要断生焯透。③麻酱要预先用适量水和少量盐调开,调的方法是边适量添水,边充分快速搅拌,边调边加水,直至调成黏稠适度的稀麻酱,再加花椒油、蒜茸、醋、白糖、味精、调味油,拌成酸、辣、香可口的复合味麻酱,供制作麻酱笋尖用。

瓤豆腐

【原料】 嫩豆腐500克,鸡蛋3只,猪肉茸50克,鲜虾茸50克,植物油、精盐、白糖、醋、黄酒、葱花、生姜末、味精、麻油、淀粉各适量。

【制作】 将猪肉茸与鲜虾茸、黄酒、葱花、生姜末、味精、精盐、麻油、鸡蛋清调拌成馅。将豆腐切成约3~4厘米见方的片,两面撒上点淀粉,每两块豆腐中间夹入蚕豆大小的馅心,成为瓤豆腐生坯。用方头竹筷将蛋清打起雪白、浓细泡沫,加入淀粉拌成为蛋泡糊。锅内多放油,烧至五成热,将瓤豆腐生坯挂上蛋泡糊,下锅炸呈淡黄色捞出。待油温略有上升,将瓤豆腐再一次下锅,炸至色黄馅熟捞出。锅内放清水适量,加入白糖,熬成稀糊状、锅内起气泡时放点醋,拌和一下,浇在炸好的豆腐上即成。

【功用】 益气和中,滋阴补血。

【提示】 ①此菜特点为色泽金黄,外脆里嫩,鲜美清爽。②操作要细致,豆腐要保持完整不碎。瓤豆腐挂糊后分2次油炸,可保证外脆里嫩而不焦煳。

虾茸猪排 ✃⌒⌒✄⌒⌒

【原料】猪大排肉 200 克,净虾仁 75 克,鸡蛋 1 个,熟火腿末 5 克,黑芝麻 1 克,面包粉 100 克,面粉 2 克,香菜末 2 克,葱椒盐 0 克,味精 1 克,干淀粉 1 克,番茄酱 25 克,胡椒粉 1 克,植物油 250 克(实耗约 30 克)。

【制作】将猪大排肉切成四块,放在砧板上,用刀背将肉块两面排匀。先用葱椒盐、胡椒粉,在肉排上搓擦后,两面扑上面粉,再涂上蛋黄,蘸满面包粉。炒锅上火,放油烧至六成热,将猪排放入不断翻动,炸至金黄色,捞出冷却。将虾仁斩茸,放碗内,加鸡蛋清、味精、干淀粉,搅和均匀,分为 4 份,镶在猪排上,再点上香菜、熟火腿末、黑芝麻。原油锅上火,烧至六成热,放入猪排,炸至酥透起锅,改刀成条,面朝上,装盘。盘边放番茄酱,蘸食。

【功用】滋阴润燥,补肾益气,消除疲劳。

【提示】①此菜特点为色彩鲜艳,虾茸鲜嫩,猪排香酥。②炸制时要用小火温油慢炸。

肉泥虾盒 ✃⌒⌒✄⌒⌒

【原料】猪里脊肉 150 克,大虾 150 克,鸡蛋 3 个,面包 60 克,冬笋 15 克,海参 15 克,水发香菇 15 克,植物油 15 克,黄酒 10 克,淀粉 3 克,番茄酱 3 克,熟火腿、香菜叶、味精、干面粉、胡椒粉、葱

花、生姜末各适量。

【制作】将大虾去头、壳,留尾梢,除去虾背沙线。在虾背上划一道口,切成大片,加适量精盐、黄酒、胡椒粉、味精腌制3分钟。把猪肉剁成细泥,盛在碗里,加入调味品,搅拌成泥,然后把肉泥夹在虾片中间,裹上,呈半圆形的虾盒,在虾盒表面拍上一层面粉备用,再把鸡蛋清搅出泡沫,加干淀粉和面粉适量搅匀成糊状。炒锅上火,加油烧至三成热,用手捏住虾尾沾满糊(不要有空白点)下锅慢炸,缀一点熟火腿末之后轻轻翻个。将虾炸透后捞出,码在盘子四周,再把切好的面包丁油炸呈金黄色,捞出码放在虾盒中间。倒出锅中油,稍留油底,下配料略炒一下,加番茄酱调味,加汤适量,搅进适量芡粉,加点明油,出锅浇淋在面包上即成。

【功用】气血双补,健体强身。

【提示】①此菜特点为猪肉泥鲜,虾盒味鲜。②大虾要除去虾背沙线。③肉泥要剁细,虾肉也要处理好。

裹炸牛肉

【原料】牛里脊肉250克,鸡蛋2只,粳米粉75克,精盐3克,味精2克,番茄酱25克,植物油500克(实耗约75克)。

【制作】将牛肉剔去筋络,片成厚片,用刀背轻轻排松,再改刀切成小方块,置于盘中,放精盐、味精调拌。鸡蛋打入碗内调匀,加米粉拌均匀,将肉块放入,裹上蛋粉待用。炒锅上火,放油烧至六成热,将牛肉逐块放入,炸至色呈淡黄时,用漏勺捞出。再将油烧至八成热时,将肉块再入锅,炸至外壳金黄时,用漏勺捞起装盘。盘边放番茄酱蘸食。

【功用】健脾养胃,益气补虚。

【提示】①此菜特点为色泽金黄,外脆里嫩,味香鲜美。②牛肉肉质较粗,应选用较为细嫩的里脊肉为原料。③油炸时挂糊要均匀,第二次油炸要用旺火热油,炸的时间不能过长,以保证外脆里嫩。

软炸乳鸽

【原料】乳鸽 1 只,鸡蛋 1 个,生菜叶 3 张,淀粉、面包屑、酱油、黄酒、黄砂糖、精盐、葱花、生姜末、花椒盐、植物油各适量。

【制作】将乳鸽宰杀去毛,取出内脏洗净。将乳鸽肉自脊背部剪开,在沸水内略煮 10 分钟。取出放入酱油、黄酒、黄砂糖、精盐以及葱花、生姜末混合,浸渍 1 个小时,其间翻转 2～3 次,使其内外均能浸到调味液。用鸡蛋清与淀粉混合成糊状,涂抹于乳鸽的外皮上,再撒匀面包屑。炒锅上火,放油烧热后,放入乳鸽,炸成黄色时,将生菜叶铺在盘内,将炸乳鸽置于菜叶上,盘边放花椒盐即成。

【功用】滋补肝肾,健脾养胃,滋阴补血,健脑益智。

【提示】①此菜特点为色泽金黄,外脆里嫩,香味扑鼻。②乳鸽要选用活宰的,病死、毒死的鸽肉忌食。老人和儿童食用鸽肉,一次不宜过多,以免引起消化吸收不良。

酥炸凤翼

【原料】嫩鸡翅膀 12 个,糯米 15 克,熟火腿 20 克,净芝麻 20

克,葱段3克,生姜块(拍松)3克,鸡蛋2个,精盐1克,黄酒5克,花椒盐5克,面粉10克,面包粉50克,湿淀粉25克,植物油750克(实耗约100克),大葱白段1小碟,番茄酱1小碟,甜面酱1小碟。

【制作】先把鸡翅的翅尖一个个剁掉,再于关节弯曲处剁成两段放在碗里,加入葱段、生姜块和黄酒,上笼蒸至七成烂,取出晾凉,然后再在每块鸡翅上横划一刀,剥去骨。糯米淘净用冷水浸泡后上笼蒸熟。净芝麻炒至微黄有香味时出锅碾碎。火腿切成末,然后把糯米、芝麻、火腿、盐一起搅拌均匀成馅心。鸡蛋磕在碗里搅散,再加入湿淀粉、面粉调成糊。在鸡翅剔去骨的空隙处,一个个地瓤上馅心,外面裹上一层蛋糊,再滚上一层面包屑,摆在盘中。炒锅置旺火上,放入植物油,烧至六成热时端离火口,将鸡翅逐个下锅,待全部下完后,把锅端回火上炸至浅黄色时捞出装盘。上桌时带花椒盐、大葱白段、番茄酱、甜面酱。

【功用】温中益气,补精添髓,滋阴美容。

【提示】①此菜特点为香酥可口。

脆皮大肉

【原料】熟五花带皮猪肉300克,鸡蛋液、淀粉、面粉、葱段、生姜块、精盐、味精、酱油、黄酒、白糖、植物油各适量。

【制作】将熟猪肉切成8厘米长、5厘米宽、6毫米厚的片,用酱油、黄酒腌制片刻。锅上火加宽油,烧至七成热时,将肉片下油锅中炸呈金红色后倒入漏勺中,控净油分。油锅去宽油,留少许底油,下葱段、生姜块炝锅,烹黄酒,添汤,加酱油、白糖、精盐,下炸过的肉片,小火慢焖至酥烂,再加味精调好口味,捞出,控净汤汁晾凉,两面沾匀面粉,挂全蛋糊,再下6成热的油锅中炸至金黄色,捞出在熟菜墩上改刀成一字条,装盘即成。

【功用】补中益气,滋阴润肤。

【提示】①此菜特点为酥脆醇香,色泽金黄。②熟肉切制时应从皮面下刀,肉片要均匀一致。③肉片腌制用酱油和糖不宜太多,颜色不要太重太深。④炸制时要调正口味,保持肉片完整,注意不要过火。⑤全蛋糊是由鸡蛋液和淀粉调制而成,挂糊前将肉片两面沾上面粉,是为了防止受热后脱糊。⑥掌握好炸制的火候和油温。肉片已经加工熟烂入味,所以,只需将其炸至金黄色即可。⑦成品改刀装盘必须用熟菜墩,以防交叉污染。一字条5厘米长、1厘米宽,在盘中码摆成桥形即可。

菜包里脊

【原料】里脊肉150克,嫩白菜叶200克,鸡蛋、葱花、精盐、黄酒、味精、面粉、麻油、植物油各适量。

【制作】将里脊肉切细丝,取一半上浆滑熟,然后混在一起,加葱花、精盐、味精、麻油、黄酒拌匀。菜叶用开水烫过,投凉,挤干水分,切成小方块。将拌好的里脊丝分别放在菜叶上,包成卷,蘸上面粉备用。鸡蛋打在碗中加面粉、淀粉、麻油调成酥糊备用。将菜包里脊蘸上酥糊,放油锅中炸透呈金黄色捞出装盘。

【功用】滋阴养颜,补中益气。

【提示】①此菜特点为外酥里嫩,鲜咸适口。②里脊切细丝,粗细要匀,包裹要紧,挂糊要匀,掌握好炸制的火候和油温。

鱼片熘豆腐

【原料】豆腐 500 克,鱼肉 150 克,鸡蛋清 25 克,鲜汤 30 克,葱花、生姜末、味精、花椒水、黄酒、精盐、淀粉、植物油各适量。

【制作】将豆腐切成小薄片,用开水烫一下。将鱼去皮去骨切成小薄片,用鸡蛋清拌匀,再用热油滑一下捞出。炒锅上火,放油烧热,用葱花、生姜末炝锅,加入鲜汤,将花椒水、黄酒、精盐放入锅里。汤开后,将豆腐和鱼一齐下锅,用小火煨 2 ~ 4 分钟,放味精,用湿淀粉勾芡即成。

【功用】益气和中,生津润燥,减肥美容,健脑益智。

【提示】①此菜特点为鲜嫩味美。②豆腐切片后要用开水烫一下,可去豆腥味。

汤爆肚尖

【原料】生猪肚尖 150 克,熟火腿 20 克,熟鸡脯肉 20 克,熟鲜笋 20 克,水发香菇 3 片,精盐 2 克,味精 1 克,黄酒 10 克,胡椒粉 0 克,鲜汤 750 克。

【制作】将肚尖、水发香菇分别洗净、沥干。将肚尖直刀剖开,放平,铲去外皮,刮去内里油腻,直刀剖至 3/5 的深度,横片成薄片,放清水内浸泡待用。鸡肉、火腿、鲜笋切成相同大的柳叶片,水发香菇 1 切 3 片,放盘内。汤锅上火,放入鲜汤,烧沸,将肚片倒入略烫,捞入汤碗内,加黄酒、味精拌匀挤干。将鸡肉、鲜笋、香菇倒入锅内略烫,捞出放肚片上,再放香菜,加入鲜汤,撒上胡椒粉即成。

【功用】益气补虚,温补虚损,健脾养胃。

【提示】①此菜特点为汤清见底,肚尖脆嫩,食之鲜香。②刀工要好,花刀要均匀。③选料要精细。变质猪肚呈微绿色,内壁黏膜发黏,组织松弛,嗅之有臭味。异常猪肚子的底部增厚发硬,不平整,可有寄生虫,寄生处有溃疡孔。有些异常猪肚子有出血、发红、发紫、水肿、灰黄色膜等。④猪肚胆固醇含量较高,冠心病、高脂血症等病人应少食。

葱爆羊肉丁

【原料】羊肉250克,鸡蛋1个,植物油250克(实耗约30克),大葱25克,湿淀粉、精盐、葱段、酱油、黄酒、味精、麻油各适量。

【制作】将羊肉洗净切成约1厘米的方丁,放入碗中,加入鸡蛋清、湿淀粉、精盐,拌匀。大葱洗净劈为两半,切成1厘米长的段。炒锅上火,放油烧至六成热,将羊肉丁放入,划散,再放入葱段搅散,迅速倒入漏勺中。锅内留余油适量,将羊肉丁、大葱、精盐、酱油、黄酒、味精入锅,在旺火上翻炒,用湿淀粉勾芡,淋上麻油,装盘出锅即成。

【功用】益气补虚,温中暖下,补肾壮阳。

【提示】①此菜特点为清香味鲜。②烹制此菜动作必须准确、迅速,否则菜出汤、葱塌秧,影响质量。

酱爆鸭丁

【原料】鸭肉150克,鸡蛋1个,核桃仁100克,甜面酱40克,白糖 20 克,黄酒 10 克,湿淀粉适量。

【制作】将鸭肉洗净切成 0.7 厘米大小的方丁,用鸡蛋和湿淀粉抓匀。炒锅至旺火上,放油,烧至五成热,放入核桃仁炸成深黄色,待油七成热时下入鸭丁,滑透后捞出控油。炒锅再上火,留底油少许,放入甜面酱、白糖、黄酒,用手勺不停地推炒,待炒出香味时下鸭丁和核桃仁,颠裹均匀后加味精适量,起锅装盘。

【功用】补肾固精,温肺定喘。

【提示】①此菜特点为酱香浓郁。②鸭丁成形大小要一致,上浆时要充分拌匀。烹调时甜面酱宜用小火煸炒,去掉生酱味。

炒酸辣白菜

【原料】白菜梗 50 克,干红辣椒 2 只,精盐 1.5 克,味精 1 克,香醋 10 克,白糖 20 克,湿淀粉 15 克,植物油 30 克,葱花、生姜丝、麻油各适量。

【制作】将白菜梗洗净,用刀面拍一下,再坡刀片成约 3 厘米见方的片。用精盐拌腌片刻,挤去渗出的水。辣椒去蒂、子洗净,用温水泡一下切成丝。炒锅上火,放油烧热,下葱花、生姜丝炝锅,立即放入辣椒丝和白菜梗煸炒一下,再放白糖、香醋,继续煸炒至透,加入味精,用湿淀粉勾芡,淋上麻油,颠翻一下,出锅装盘即成。

【功用】通肠利便,清热除烦。

【提示】①此菜特点为脆嫩鲜美,酸辣适口。②此菜以脆嫩为主,加热时间不宜过长。

口蘑鸡丁

【原料】鸡脯肉 300 克,口蘑 150 克,冬笋 100 克,红辣椒 50 克,精盐 2 克,葱花 2 克,生姜末 2 克,酱油 15 克,糖色 1 克,白糖 5 克,黄酒 15 克,味精 2 克,鸡蛋 1 个,湿淀粉 50 克,鲜汤 100 克,植物油 500 克(实耗约 50 克),麻油 10 克。

【制作】将鸡脯肉、口蘑、冬笋、红辣椒均切成 1.5 厘米见方的丁。将鸡丁放入碗内,用精盐、鸡蛋清、湿淀粉拌和上浆。将锅烧热,放油烧至六成热,下鸡丁滑至八成熟,用漏勺捞出;再将口蘑、红辣椒、冬笋丁一起入油锅中滑一下,捞出沥去油。原锅内留油 20 克左右,加入葱花、生姜末炝锅,加入黄酒、精盐、鲜汤、糖色、酱油、白糖、味精,并将鸡丁、红辣椒丁、冬笋丁、口蘑丁倒入锅内,翻炒至熟,下湿淀粉勾芡,淋上麻油即成。

【功用】健脾开胃,温中益气,补精添髓。

【提示】①此菜特点为鲜嫩微辣。②因贮存过久而发霉变质的口蘑不宜食用。

嫩姜羊肉丝

【原料】净羊肉 100 克,嫩姜丝 25 克,黄酒 5 克,精盐 1 克,甜辣椒 25 克,植物油 40 克,青蒜苗段 20 克,甜面酱 3 克,酱油 5 克,湿淀粉 3 克。

【制作】将羊肉洗净切成粗丝,盛入碗内,加入黄酒、精盐拌匀。甜辣椒去子去蒂,洗净切丝。炒锅上旺火,放油烧热,煸甜辣

椒丝至断生,盛入盘内。炒锅上火,放油烧至七成热,再下羊肉丝,炒散至发白,加入嫩姜丝、甜辣椒丝和青蒜苗段,翻炒几下,下甜面酱,烹入用酱油、湿淀粉兑成的调味汁,颠翻几下起锅即成。

【功用】益气补虚,温中暖下,补肾壮阳。

【提示】①此菜特点为肉质鲜嫩。②生姜要选用新鲜的嫩姜。③羊肉要按横纹切丝。

冬笋牛肉丝

【原料】净牛肉250克,冬笋200克,葱花5克,生姜丝5克,鸡蛋1个,精盐3克,味精1克,酱油10克,黄酒5克,湿淀粉5克,干淀粉5克,植物油500克(实耗约50克),鸡汤适量。

【制作】将净牛肉切成丝放入碗内,加鸡蛋清、精盐、干淀粉抓拌浆好。冬笋切成丝。炒锅上旺火,放油烧至四成热,下入牛肉丝划散,至断生后倒入漏勺中沥油。原锅留余油放旺火上,放上葱花、生姜丝、笋丝煸炒,然后放入鸡汤、酱油、味精,烧开后用湿淀粉调稀勾芡,倒入牛肉丝,翻炒几下,淋入熟猪油,起锅装盘即成。

【功用】通利肠胃,强壮筋骨。

【提示】①此菜特点为色泽红润,牛肉鲜嫩,冬笋清脆。②切肉丝时,长短粗细要均匀。

银鱼羊肉丝

【原料】净羊里脊肉150克,银鱼干50克,水发黄花菜100

克,去皮山药 75 克,葱花 5 克,生姜丝 5 克,精盐 2 克,酱油 25 克,味精 0.5 克,白糖 5 克,黄酒 15 克,白胡椒粉 1 克,麻油 15 克,植物油 500 克(实耗约 50 克)。

【制作】将羊肉切成 5 厘米长的丝。银鱼干先用温水泡发后洗净沥干水。黄花菜切成 4 厘米长的段。山药切成丝,用水洗掉黏丝。炒锅上旺火,放油烧至五成热时,立即将银鱼放入锅内,用手勺推搅,捞入漏勺内沥油。羊肉丝放入碗内加精盐、湿淀粉抓浆均匀,放入原油中爆炒,见肉丝变白时,倒入漏勺内沥去油。原油锅中留油少许,先放入葱花、生姜丝、黄花菜、山药丝,再放入银鱼、羊肉丝煸炒,然后再加入黄酒、酱油、白糖、精盐、味精,淋上麻油,颠翻几下出锅装盘,撒上白胡椒粉即成。

【功用】补虚健脾,益肾壮阳。

【提示】①此菜特点为色泽悦目,羊肉丝鲜嫩多汁,银鱼干香,耐嚼可口。②羊肉属热性食品,吃多了容易上火。炎症患者不宜食用羊肉。阴虚内热火旺的人不宜食用。体态肥胖、痰多湿重、消化不良者均应少食为佳。

葱炒牛肉

【原料】鲜嫩牛肉 300 克,大葱 50 克,植物油、麻油、面酱、酱油、白糖、黄酒、味精、醋、花椒粉、生姜丝各适量。

【制作】将牛肉剔除筋膜,整理好,切成柳叶形片,用面酱、黄酒和少许熟油拌匀。大葱切象眼片。锅上火烧热,加适量底油,下肉片炒至变色,再下大葱、生姜丝炒出香味,烹醋、黄酒,加酱油、白糖、味精、花椒粉,翻炒均匀,淋上麻油,出锅装盘即成。

【功用】温中益气,养精补髓。

【提示】①此菜特点为葱香浓郁,鲜嫩可口。②刀工薄厚长短要均匀一致。③煸炒要火旺锅滑,翻拌动作要快,不同性质原料按程序先后下锅翻炒,做到成熟一致。

鱼香肉片

【原料】猪瘦肉300克,水发黑木耳25克,冬笋15克,泡辣椒30克,植物油、酱油、辣豆瓣酱、精盐、味精、花椒粉、胡椒粉、白糖、醋、黄酒、葱花、生姜末、蒜茸、鸡蛋、淀粉各适量。

【制作】猪瘦肉切成厚约2厘米的核桃形片,放入碗中,加精盐、味精、黄酒调味,上全蛋糊,下四成热油中滑散滑透,倒入漏勺中,控净油分备用。黑木耳摘洗干净;冬笋切菱形片;泡辣椒洗净,切成3厘米长的段备用。用小碗加酱油、黄酒、醋、白糖、胡椒粉、花椒粉、味精、鲜汤和淀粉调匀,兑成芡汁备用。炒锅上火,放油烧热,下葱花、生姜末、蒜茸炝锅,下泡辣椒段、辣豆瓣酱,煸炒出香辣味,再下水发黑木耳、冬笋片和滑过的肉片,泼入兑好的芡汁,翻炒均匀,淋上明油,出锅装盘即成。

【功用】滋阴补益,润滑肌肤。

【提示】①此菜特点为酸辣甜鲜,鱼香味浓。②肉片要切的薄厚、大小均匀。③掌握好滑油的温度和火候。④此菜为川菜特有的"鱼香汁"复合调味勾芡菜,酸辣甜鲜,调味要准确,充分体现鱼香风味。⑤炝锅时火力不要过旺。熘制时要旺火速成,动作要快。

椒油菠菜 ❧

【原料】菠菜500克,红干椒25克,黄酒、精盐、味精、花椒、葱花、生姜末、植物油各适量。

【制作】将菠菜去老根、黄叶,摘洗干净,切成5厘米长的段。红干椒切段,用温水泡软备用。炒锅上火,放油烧热,下花椒炝锅,捞出花椒不用,再放葱花、生姜末、红干椒段煸炒出香味,放菠菜翻炒,烹入黄酒,加入精盐,炒透,加味精,淋上明油,出锅装盘即成。

【功用】养血活血,润燥通肠。

【提示】①此菜特点为麻辣鲜香,清脆可口。②切菠菜时要梗、叶分开,炒时分别下锅,旺火速成。③调味要咸淡适中。

干煎酿馅鱼 ❧

【原料】鳊鱼1尾,猪肉100克,植物油、酱油、醋、黄酒、精盐、白糖、葱花、生姜丝、蒜片各适量。

【制作】将鱼宰杀、洗净,两面剞斜刀花,放入酱油中腌一会。猪肉去筋加葱、姜剁成泥,放碗内加酱油、黄酒、精盐、味精搅拌均匀,填入鱼腹内。炒锅上火,放油烧至八成热,将鱼下锅中煎透离火。炒锅复上火,将葱花、生姜丝、蒜片煸炒入味,放入煎好的鱼,烹入酱油、醋、黄酒、白糖、精盐、味精,收汁即成。

【功用】益气补虚,健脑益智。

【提示】①此菜特点为色泽酱红,肉紧不硬。②热病、虚热者

以及荨麻疹、癣病及疖肿患者不宜食用鳙鱼。

锅贴虾饼

【原料】虾仁 150 克,猪肥膘肉 150 克,荸荠 50 克,熟火腿 50 克,鸡蛋清 2 个,葱花 5 克,生姜末 5 克,精盐 5 克,味精 0.5 克,花椒粉 0.5 克,白胡椒粉 1 克,干淀粉 20 克,麻油 10 克,植物油 150 克。

【制作】将虾仁洗净以纱布拧干压碎,再用刀排剁几下放在碗里,加精盐、白胡椒粉、味精、葱花、生姜末和鸡蛋清搅拌成虾馅。另 1 个鸡蛋清放在碗里,加干淀粉调成蛋清糊。将肥火腿 20 克剁成泥,荸荠削皮后拍扁切碎挤去水分,一起加入虾馅内拌匀后,加干淀粉搅拌上劲。将肥膘肉放在汤锅中,煮至五成熟时捞起,晾凉后用刀切成直径 3 厘米的圆形,然后再片成 0.2 厘米厚的片,放在案板上,用干布吸去浮油。另用 10 克熟火腿同葱花、生姜末、花椒一起剁成细泥,每片肉上涂一层花椒泥,撒上干淀粉,再涂上一层蛋清糊。取虾馅 1 份放在肉片上用手按平,大小与肉片相同,如此逐一做好,再将瘦火腿 20 克切成细末加干淀粉拌一下,在每片馅中间撒一点火腿末制成虾饼坯。炒锅上中火,放油烧至四成热,把做好的虾饼坯下锅,边煎边氽边加油。等虾饼凝固鼓起时滗去锅中余油,继续放在火上煎,待底层肥肉出油、呈淡黄色并起香时,再滗出一点余油,淋上麻油,将锅晃动两下起锅装盘即成。

【功用】滋阴壮阳,祛风化痰,生津润燥,开胃消食。

【提示】①此菜特点为底层黄亮香脆,上层暗软嫩美。②虾茸加配料调味后,要搅拌至黏性。③虾饼要煎透。

三色萝卜球 ❧

【原料】白萝卜250克,心里美萝卜250克,胡萝卜250克,精盐2克,味精1克,黄酒20克,植物油500克(实耗约30克),湿淀粉25克,生姜末5克,素鲜汤400克,胡椒粉适量。

【制作】将胡萝卜洗净,切成3厘米长的段,白萝卜、心里美萝卜均洗净,先切成1.6厘米厚的大片,再切成长3厘米的段,将3种萝卜段均削成枣形球。锅内加清水,上火烧开,下入白萝卜球煮透,捞入凉水盆中过凉。再下入胡萝卜球煮透,捞入凉水盆中过凉,控水。炒锅上中火,加油烧至五成热,下萝卜球炸透捞出。炒锅内留底油,上火烧热,下生姜末煸炒出香味,冲入素鲜汤,倒入萝卜球烧开,改用小火,加精盐、味精、黄酒,胡椒粉,待萝卜球煮烂时,用湿淀粉将汤汁勾浓,淋上麻油即成。

【功用】醒酒化痰,健脾化滞。

【提示】①此菜特点为清鲜软烂。②装盘时三色分开,可增加成品的美观。

油豆腐塞肉 ❧

【原料】猪肉末200克,油豆腐100克,香菜段5克,葱花10克,生姜末3克,酱油10克,精盐3克,淀粉10克,胡椒粉2克,味精2克,黄酒5克。

【制作】将猪肉末放在净碗内,加入葱花、酱油、精盐、淀粉、胡椒粉、味精、黄酒、生姜末拌成肉馅,备用。将油豆腐从一边划一

个口,将肉馅装入。炒锅上火,放 500 克水,将装好肉馅的油豆腐下锅煮 15 分钟出锅,撒上香菜即成。

【功用】补气益胃,滋阴润燥。

【提示】①此菜特点为嫩美鲜香,味美可口。②优质油豆腐色泽金黄,鲜艳有光泽,质地细腻,边角整齐,皮脆无杂质,具有独特风味,香酥适口,无酸败或其他不良气味。此外,应呈蜂窝状均匀分布。

菠菜头烧虾米

【原料】菠菜头 300 克,小虾米 25 克,麻油 25 克,味精 2.5 克,精盐 3 克,葱花 2.5 克,生姜末 2.5 克,黄酒 15 克,湿淀粉 15 克,鲜汤适量。

【制作】将红根菠菜头去杂洗净,顺切成四半,然后截成 3 厘米长段。炒锅上火,放入麻油 20 克烧热,用小虾米、葱花、生姜末炝锅,再下菠菜头煸炒,加入精盐、味精,继续煸炒,烹入黄酒、鲜汤,用湿淀粉勾芡,淋上麻油 5 克,颠翻出锅即成。

【功用】养血润燥,益肾强精。

【提示】①此菜特点为虾干黄色,菠菜红绿,味道清香。②易过敏者慎食小虾米。

酱烧冬笋

【原料】冬笋 400 克,面酱 10 克,植物油 250 克(实耗约 25

克),鲜汤 50 克,精盐、味精、胡椒粉、黄酒、白糖、葱花、生姜末、麻油各适量。

【制作】将冬笋去皮洗净,切成长 3 厘米、宽、厚约为 0.8 厘米的条。炒锅上旺火,放油烧至七成热,下入冬笋,炸至表面收缩,色变浅黄时捞出控油。炒锅内留少许油,烧至四成热时放入面酱炒散,炸出酱香味时加入少量白糖,随即加入葱花、生姜末炝锅,再加入黄酒、鲜汤、精盐、胡椒粉、冬笋,改用小火烧制入味,汤汁较少时加入味精、麻油,搅匀装盘即成。

【功用】清热化痰,利膈爽胃。

【提示】①此菜特点为色泽红亮,酱香浓郁。②竹笋是寒凉之品,脾虚便溏及消化道溃疡者忌食。③竹笋中含有较多的草酸钙,故肾炎、尿路结石病人不宜食用。竹笋中的草酸易与钙、锌结合形成难溶性的草酸盐,妨碍人体对钙、锌的吸收利用,因此,儿童不宜多吃竹笋。

素狮子头

【原料】豆腐 4 方块,胡萝卜 100 克,水发香菇 100 克,青菜心 6 棵,面粉 50 克,湿淀粉 15 克,白糖 15 克,酱油 35 克,味精 2 克,胡椒粉 1 克,麻油 15 克,植物油 1 000 克(实耗约 100 克),素鲜汤、葱花、生姜末、黄酒、精盐各适量。

【制作】将豆腐放锅中用水煮开,捞出沥去水分,晾凉碾成泥盛入大碗中。胡萝卜稍煮熟,去皮切成小丁。香菇去柄洗净也切丁。青菜心洗净剖成 4 瓣,再横刀一切两段。将胡萝卜丁、香菇丁放入豆腐泥中,加精盐、葱花、生姜末、面粉、味精 0.5 克、植物油

20 克搅拌透,然后用手捏成 10 个大丸子。炒锅上火,放油,将大丸子逐一滚上面粉,下入锅中炸,见呈金黄色时,捞出沥油。锅内留适量底油,油热后,倒入菜心煸炒,加精盐、素鲜汤适量、味精0.5 克烧开,待入味后,盛入大碗中。炒锅上火,放入素鲜汤、酱油、黄酒烧开,倒入炸好的大丸子,加白糖、味精烧开后转小火烧透,用湿淀粉勾芡,淋上麻油,起锅装入盛菜心的碗中(放在菜心上面),撒上胡椒粉即成。

【功用】 益气和中,生津润燥。

【提示】 ①此菜特点为油润光亮,味鲜可口。②素狮子头炸时要用旺火热油,烧时宜用小火,以保证烧透而不散开。

香菇烧面筋

【原料】 水发香菇 250 克,油面筋 300 克,绿叶菜 100 克,素鲜汤 200 克,植物油 50 克,生姜片 25 克,白糖 2 克,胡椒粉 1 克,麻油 10 克,酱油 20 克,黄酒 5 克,精盐、味精、湿淀粉各适量。

【制作】 将香菇洗净放在碗中,加植物油 15 克拌匀,生姜放在上面,炒锅放在火上加素鲜汤、精盐、味精、黄酒、白糖烧沸后倒入香菇碗中,再入笼用中火蒸 10 分钟取出,去掉生姜。将油面筋切成长 5 厘米、宽 4 厘米的块。炒锅上火,放油烧热,下菜心、精盐、素鲜汤烧沸,倒入漏勺中沥去汤。炒锅上中火,放油烧热,烹入黄酒,将香菇连汤倒入锅中,加精盐、味精、酱油、胡椒粉烧沸,放入面筋焖 3 分钟后,用湿淀粉勾芡,倒入菜心,淋上麻油,装盘即成。

【功用】 健脑益智,健胃补气。

【提示】 ①此菜特点为香菇芳香,面筋软滑,清香可口,卤汁味鲜。②香菇要用清水发透,蒸时用沸水旺火蒸透。

猴头蹄筋 ❧⟶⟶⟶⟶⟶

【原料】水发猴头菇300克,猪蹄筋100克,冬笋片50克,海米15克,植物油、白糖、生姜片、葱花、精盐、味精、酱油、鲜汤各适量。

【制作】将水发猴头菇洗净,剪去老根,放入沸水中略焯一会,捞出,挤干水,顺纹批成片。猪蹄筋用温水浸泡至软后,放入沸水锅中焯透,捞出,控去水。炒锅上旺火,放油烧热,下生姜片、葱花、冬笋片、海米翻炒片刻,倒入猴头菇片、蹄筋,加黄酒、精盐、酱油、白糖、鲜汤烧沸,改用小火,盖上盖。烧至汤浓入味时,开盖,放入味精,用湿淀粉勾芡,改旺火烧沸,出锅装盘即成。

【功用】补肾益精,壮骨强筋。

【提示】①此菜特点为猴头鲜嫩,蹄筋白糯。②猪蹄筋要用温水发透至软。

红烧牛鞭 ❧⟶⟶⟶⟶⟶

【原料】牛鞭500克,鲜汤250克,葱段40克,生姜块20克,蒜瓣6克,花椒油15克,植物油40克,酱油6克,湿淀粉25克,精盐、味精、白糖、花椒、糖色各适量。

【制作】将牛鞭洗净,剪开外皮,在开水锅中烫一下捞出,撕去外皮再洗净。锅内放入2 500克清水,加入葱段20克、生姜块

10 克、花椒,将洗净的牛鞭放入锅内煮至熟烂,捞出一破为二,除去尿道,切成 3 厘米长的段。炒锅上火,放油烧热,加入葱段 20克、生姜块 10 克和蒜瓣,煸炒出香味,烹入黄酒、酱油,加入鲜汤、精盐、白糖、味精,用糖色将汤调成浅红色,将牛鞭段放入汤内,用小火慢炖至汤将干时,去葱段、生姜块,用湿淀粉勾成浓流芡,淋上花椒油即成。

【功用】补肾壮阳,益精补髓。

【提示】①此菜特点为清香扑鼻。②牛鞭要加工干净。

葱烧蹄筋

【原料】涨发好的猪蹄筋 500 克,葱白 50 克,植物油、麻油、酱油、黄酒、白糖、精盐、味精、湿淀粉各适量。

【制作】将猪蹄筋用温水摘洗干净,切成 5 厘米长的段,粗的一切两半,下沸水锅中焯烫透,捞出控净水分;大葱白切成 4 厘米长的段备用。锅上火烧热,加适量底油,下葱段煸炒至金黄色,下入焯烫好的蹄筋,烹黄酒,加酱油、白糖、精盐,添汤,旺火烧沸,撇净浮沫,转小火烧至熟烂入味,见汤汁稠浓时加味精,再旺火勾芡,翻炒均匀,淋上麻油,出锅装盘上桌即成。

【功用】强筋壮骨,延年益寿。

【提示】①此菜特点为葱香浓郁,软烂可口。②猪蹄筋要摘洗干净,清除异味,刀工要均匀,长短、粗细基本一致。③焯水要将蹄筋焯透,以便利于酥烂入味。④勾芡前要调正口味,勾芡时旺火速成。

蒜烧鲢鱼

【原料】鲢鱼1尾(重约700克),大蒜50克,泡辣椒50克,冬笋50克,香菇50克,植物油、精盐、味精、白糖、黄酒、大茴香、胡椒粉、花椒、香醋、葱花、生姜末、鲜汤、淀粉各适量。

【制作】将鲢鱼除去鳞、鳃及内脏,洗净,用精盐、黄酒和湿淀粉腌浆均匀备用。炒锅上火,放油烧至六成热,下腌浆好的鲢鱼,微炸即捞起,控净油分。锅中去宽油,留适当底油,先将大蒜、泡辣椒、生姜末、冬笋、香菇爆炒出香味,烹入黄酒、鲜汤、烧开,放入炸过的鲢鱼,下大茴香、花椒、精盐、白糖,调好口味,大火热沸,除去浮沫,转小火将鱼烧煮熟透,取出盛在盘中。余汁旺火收汁,加葱花、生姜末、胡椒粉、香醋和味精,勾薄湿淀粉,炒至浓稠,淋上麻油,浇在鱼身上即可上桌食用。

【功用】益气补虚,润泽肌肤。

【提示】①此菜特点为鲜香质嫩,蒜味突出。②炸调料和配料时可用旺火,烧鱼时要用小火,以便烧透入味。

豆瓣鲫鱼

【原料】鲫鱼700克,冬笋50克,香菇50克,辣豆瓣酱、酱油、黄酒、白糖、味精、香醋、胡椒粉、葱花、生姜末、泡辣椒、湿淀粉、植物油各适量。

【制作】将鲫鱼洗涤收拾干净,用香醋腌制备用。将水发香菇和冬笋切成相应的片;泡辣椒切成均匀整齐的丝备用。锅上火

烧热,加底油,下葱花、生姜末、泡辣椒丝和豆瓣酱,炒出香辣味,呈红色,烹黄酒,加鲜汤和酱油、白糖,调好口味,旺火烧沸,下醋腌过的鱼,撇除浮沫,烧至鱼熟入味,将鱼取出装在盘中。余汁继续烧开收汁并勾芡,加香醋、胡椒粉搅匀,淋麻油,出锅浇在鱼身上即可上桌食用。

【功用】 健脾利湿,温中下气,活血通脉。

【提示】 ①此菜特点为色红质嫩,麻辣鲜香。②操作中要注意掌握好火候和调味,鲫鱼不经油炸,直接生烧是为了保持其细嫩味美的本质。因此,在烧制中,鱼熟入味即出锅装盘,不可过火,以防失去本质特色。

冬笋烩三菇

【原料】 冬笋100克,鲜蘑菇75克,水发香菇50克,金针菇100克,精盐1.5克,味精1克,黄酒10克,湿淀粉10克,麻油10克,植物油500克(实耗约50克),素鲜汤、葱花、生姜末各适量。

【制作】 将冬笋剥去外壳,去老根,削皮洗净,切成斜刀片,用开水烫一下。蘑菇、香菇去蒂,洗净切成片。金针菇洗净切成段。炒锅上火,放油烧至六成热,下蘑菇、香菇、冬笋片走油,倒入漏勺中沥油。炒锅重上火,放油25克,烧热后下葱花、生姜末炝锅,放入金针菇略煸,再放入过油后的蘑菇、香菇、冬笋,烹入黄酒,加精盐、素鲜汤烧沸,再加味精略烧片刻,用湿淀粉勾芡,淋上麻油即成。

【功用】 益气补虚,补脾爽胃,开胃止泻。

【提示】 ①此菜特点为三菇鲜香,冬笋脆滑。②冬笋用开水焯烫可去涩味,以保证成菜品味。

冬笋烩刺参 ✦

【原料】水发刺参700克,葱白100克,猪瘦肉片50克,净冬笋50克,水发香菇50克,鲜汤、白糖、味精、黄酒、酱油、湿淀粉、植物油、麻油各适量。

【制作】将刺参洗净切块,冬笋切段再切片,香菇切开成两半,葱白切段。炒锅上旺火,放油烧热,先煸葱段,再放入刺参,过油半分钟,倒入漏勺中沥去油。炒锅上旺火,放油烧热,倒入猪瘦肉、冬笋、香菇,再放入酱油、白糖、黄酒煸炒,倒进肉汤,再放入过油葱段、刺参,烩数分钟,然后用湿淀粉勾薄芡,淋上麻油,装盘即成。

【功用】益精养血,滋阴润燥,补肾壮阳,防癌抗癌。

【提示】①此菜特点为风味独特。②刺参要发透,水发时不能沾油。③凡脾虚腹泻、痰多者忌食海参。

蘑菇烩兔丝 ✦

【原料】兔肉300克,蘑菇200克,鸡蛋1个,精盐、酱油、黄酒、味精、白糖、胡椒粉、麻油、湿淀粉、葱花、生姜丝、麻油、植物油各适量。

【制作】将蘑菇洗净切丝,兔肉洗净切丝,盛入碗中,加入鸡蛋清、湿淀粉、黄酒、酱油拌匀。锅烧热放油,至五成热时将兔肉丝下油锅推散炒熟,捞出沥油。原锅留底油,投入蘑菇丝、生姜丝煸透后,烹入黄酒,加入清水、精盐、味精、酱油、白糖、胡椒粉、麻油、兔肉,烧沸后用湿淀粉勾薄芡,加入适量麻油推匀,撒上葱花,盛入盘中即成。

【功用】健脑益智,补中益气。

【提示】①此菜特点为鲜嫩可口。②饲养不超过一年的兔子肉质细嫩,用鸡蛋清等拌过再炒,兔肉丝颜色洁白不卷缩。由于兔肉几乎全是瘦肉,故烹调时可适当多放点油。

三鲜烩脑仁

【原料】猪脑仁6只,熟鸡肉50克,熟火腿50克,青豆20粒,水发香菇3片,精盐3克,味精1克,黄酒25克,湿淀粉25克,植物油15克,鸡油15克,鲜汤400克。

【制作】将猪脑放于清水内,用手撕去皮膜,漂清、沥干水分,放入碗内,加精盐轻轻拌匀,略腌,放清水锅内烧沸,撇去浮沫,将水滗掉,换上清水,上火烧沸,移至微火上烧透,倒入碗内待用。水发香菇去蒂,洗净,1剖4开,鸡肉、火腿分别切成2厘米长的薄片,一同放入汤盆内。猪脑仁每只用刀改成4块,放盆内。炒锅上火,放油烧热,加入鲜汤,将猪脑、鸡肉、火腿、青豆、香菇倒入烧沸,撇去浮沫,加精盐、黄酒、味精再烧沸,用湿淀粉勾琉璃芡,起锅装入汤盘中,淋上鸡油即成。

【功用】健脑益智,对抗衰老。

【提示】①此菜特点为汤汁乳白,脑仁柔嫩,鲜香味美。②猪脑中含有较多的胆固醇,因此,高血压病、动脉粥样硬化、高脂血症、冠心病、胆囊炎患者均应忌食猪脑。

余山药球 ❧

【原料】山药 250 克,豆沙馅 150 克,白糖 100 克,面粉 50 克,桂花 5 克。

【制作】山药削皮,洗净,上锅蒸烂,斩成山药泥,用洁净的布包好,挤出水分。将面粉放入碗内,加适量水,调成糯糊,拌入山药泥内,调和均匀,搓条,揪成小剂子,按平。将豆沙馅拌入桂花中,均匀地包入小剂子中,团圆成山药球,码放在盘内,上笼蒸 10 分钟左右,出笼,滗出水分,待用。将糖入锅,加适量水烧开,撇去浮沫,将糖水盛入汤碗内,下山药球即成。

【功用】健脾止泻,补肾益精。

【提示】①此菜特点为软糯而甜。②山药泥要斩细。

余萝卜丝鲫鱼 ❧

【原料】鲫鱼 2 尾(重约 600 克),白萝卜 150 克,香菜 10 克,精盐 4 克,黄酒 10 克,味精 2 克,麻油 50 克,葱结 5 克,生姜块(拍松)5 克,麻油 15 克。

【制作】将鲫鱼去鳞、鳃、内脏,洗净后刮去腹内黑膜,再用清水冲洗。萝卜去皮、洗净,用刀切成 5 厘米长的细丝,置沸水内焯一下,捞出后沥水。香菜洗净,切末。锅置火上,放油烧至七成热,下葱结、生姜块稍炸,烹入黄酒,加清水适量,推入鲫鱼,汤沸 3～5

分钟后,加盖转小火焖出香味,再转旺火,加入麻油,炖至汤色乳白。萝卜丝放入鲫鱼锅中,拣出葱结、生姜块,用旺火炖约5分钟,加精盐、味精调好口味,盛到汤碗内,上撒香菜末,淋上麻油即成。

【功用】健脾利水,开胃化痰。

【提示】①此菜特点为味浓汁白,咸鲜适口。②萝卜丝焯水可除去辣味。

鲜汤柴把鸭

【原料】生鸭肉1 000克,熟火腿75克,冬笋75克,水发香菇75克,芹菜梗50克,鲜汤50克,葱段5克,胡椒粉0.1克,味精4克,精盐5克,鸡油50克,猪油25克。

【制作】将鸭肉煮熟,剔去骨,切成4.3厘米长、0.8厘米见方的条,水发香菇去蒂与熟火腿、冬笋均切成4.3厘米长、0.3厘米见方的丝。芹菜撕成丝待用。取鸭条4根,火腿、冬笋、香菇各2根,共计10根,用芹菜丝从中间扎紧,捆成小柴把形状,共约24把整齐码入瓦钵内,加入猪油、精盐2克、鲜汤250克,再将鸭骨放入,上笼蒸40分钟,取出去掉鸭骨,将原汤倒入锅内,扣入大汤碗里。将装原汤的大锅内再加入鲜汤,烧开后撇去泡沫,放入精盐、味精、葱段,倒入大汤碗里,撒上胡椒粉,淋入鸡油即成。

【功用】滋阴养胃,益气补虚。

【提示】①此菜特点为汤清味醇,鸭肉成把,质地鲜软。②宜选用嫩鸭肉,煮熟但不要煮烂,以保证成菜酥香鲜嫩。

扒酿香菇 ❧

【原料】鲜香菇 20 只,嫩豆腐 100 克,冬笋 50 克,雪里蕻 50 克,青豆 20 克,生姜汁 15 克,黄酒 5 克,麻油 20 克,素鲜汤 100 克,精盐、味精、湿淀粉各适量。

【制作】将香菇修平,加少量生姜汁、黄酒、精盐拌匀腌一下,挤净水分。豆腐、冬笋、雪里蕻切成末,加精盐、味精、生姜汁、黄酒、麻油拌匀成馅。每只香菇酿满馅心抹平,将青豆捻去皮分两瓣插满香菇周边,逐一做好后入笼蒸熟取出,摆在平盘中。锅中加素鲜汤、精盐、味精烧沸,用湿淀粉勾薄芡,淋上适量麻油,浇在香菇上即成。

【功用】生津润燥,益气补虚。

【提示】①此菜特点为整齐美观,芳香味美。②酿香菇上笼用旺火沸水蒸约 20 分钟为宜。

花蛋扒鸽 ❧

【原料】鸽子 3 只,虾仁 50 克,熟鸡蛋 5 个,鸡蛋 1 个,水发香菇片 10 克,熟火腿末 5 克,鲜笋片 5 克,葱段 5 克,酱油 10 克,白糖 10 克,味精 1 克,大茴香 1 粒,黄酒 15 克,干淀粉 3 克,湿淀粉 3 克,精盐 3 克,生姜 5 克,葱 5 克,鸡汤 750 克,麻油 5 克,植物油 250 克(实耗约 50 克)。

【制作】用手捏着鸽子鼻孔,使鸽子闷死;放在 70℃热水里略烫,去毛洗净,从脊背剖开,取出内脏洗净沥干,在鸽脯上抹酱油少许待炸。炒锅上火,放油烧至八成热,将鸽子丢入油锅炸至鸽皮呈金黄色,倒入漏勺中沥油。取沙锅1只,用竹篾垫底,放入鸽子,加入生姜片、葱段、大茴香、精盐、白糖、酱油、黄酒、鸡汤,上旺火烧沸,移小火上炖2小时。熟鸡蛋剥掉外壳,用小刀在鸡蛋中腰戳成一圈锯齿形(每个蛋划14刀左右),一剥两开成菊花状。将虾仁斩成茸放碗内,加鸡蛋清、精盐、味精、干淀粉调匀,镶在蛋中心,点上火腿末,放入盘内,上笼蒸1分钟取出,放菜盘两头。将沙锅内鸽子捞出扒在中间。炒锅上火,放油烧热,投入葱段略炒,再放入鲜笋、香菇,将炖鸽子的原卤滗入锅内烧沸,捞起鲜笋、香菇放在鸽子中间,再用湿淀粉勾芡,淋上麻油起锅,浇在鸽子上即成。

【功用】补益肝肾,养益气血。

【提示】①此菜特点为鸽色金黄,花蛋洁白,鸽肉酥烂,滋味鲜美。②要选用活鸽子为原料,病死、毒死的鸽肉忌食。③老人和儿童食用鸽肉,一次不宜过多,以免引起消化吸收不良。

奶油扒白菜 ❧

【原料】净大白菜500克,植物油、奶油、精盐、味精、鲜汤、淀粉、葱段、生姜块各适量。

【制作】将大白菜摘去老帮,切去菜头、叶,顺刀一切两半,下沸水锅中焯烫透捞出,放清水中投凉、挤除水分,再顺切成20厘米长、6厘米宽的条,菜心朝上整齐码摆在盘中。葱段、生姜块用刀轻轻拍松备用。炒锅上中火,放油烧热,用葱段、生姜块炝锅,添鲜汤,加奶油、精盐、味精,拣去葱、生姜,将白菜轻轻推入汤中,转小火扒至入味;再用旺火勾芡,淋上麻油,翻匀,出锅装盘即成。

【功用】养胃利窍,解热除烦。

【提示】①此菜特点为洁白奶香,清淡鲜美。②刀工切配要整齐均匀,焯菜后投凉,水分一定要挤干。③扒菜的鲜汤要适量,过多汤汁使原料散乱;过少不易勾芡,原料容易粘锅。④勾芡时火力要旺,淋芡时要均匀,从原料中间开始逐渐向外扩展,将芡汁淋在水泡翻滚处,并配以不停地晃勺,待芡汁全部拢裹在原料上时,淋麻油,使菜品光滑油润。

竹荪鸽蛋

【原料】干竹荪50克,鸽蛋15个,熟火腿50克,豌豆苗50克,鲜汤750克,精盐、味精、胡椒粉、麻油各适量。

【制作】将竹荪用温水浸泡回软后,剪去根部,洗净,顺长丝剖开,切成薄片,入沸水锅中焯熟后捞出,沥干水。火腿切成薄片。取小瓷调羹15把,底上抹上油,将鸽蛋分别打入瓷调羹内,上笼用小汽将鸽蛋蒸熟取出,放入汤碗内。炒锅上中火,放入鲜汤、精盐、味精、胡椒粉、竹荪片、火腿片,待沸后撇去浮沫,放入豌豆苗拌匀,淋上麻油,出锅倒入装鸽蛋的汤碗内即成。

【功用】补益气血,健脾益胃。

【提示】①此菜特点为鲜香清淡。②有外感和腹泻时不宜食用竹荪。

霸王别姬

【原料】光仔母鸡1只,鸡肉茸150克,活鳖1只,熟冬笋50

克,熟火腿 40 克,水发香菇 50 克,青菜心 3 棵,黄酒 50 克,葱结 15 克,鲜汤 1 500 克,猪油 50 克,干淀粉 10 克,精盐 10 克,味精 5 克,生姜块 10 克。

【制作】将光鸡斩去爪尖,清洗干净,两翅从宰杀口插入嘴中抽出,成"龙吐须"状,鸡脚别至鸡肋处,出水后洗净。将鳖宰杀烫洗后,用刀刮去黑衣,掀起甲壳,去内脏,洗净,再将鳖蛋与鳖一起入锅中焯水,取出过清水,蛋捞入盘中,鳖肉捞出后用干净布擦去水,撒上少许干淀粉,将鸡肉茸、鳖蛋放入腹中,再将洗净的鳖鱼壳盖上,使其仍成鳖鱼原状。将鸡鳖背朝上,两头方向相反,放入沙锅中,加入鲜汤,加葱结、生姜块、黄酒、精盐,上笼蒸熟后取出,去掉葱、生姜,加入味精、冬笋、香菇、火腿、青菜心,再略蒸 2 分钟即成。

【功用】滋阴补肾,益气补脾。

【提示】①此菜特点为肉质酥嫩,汤鲜醇厚,原汁原味。②甲鱼必须里外洗净,经开水焯后再用清水洗净。仔鸡去除血水,入盛器,加调味料后上笼蒸时须加盖,以保持原汁原味。

八宝乳鸽

【原料】乳鸽 2 只,熟火腿 5 克,虾仁 10 克,五花猪肉 10 克,水发干贝 3 克,熟冬笋丁 5 克,水发香菇丁 2 克,青豌豆 3 克,熟胡萝卜丁 3 克,葱、生姜、黄酒、精盐、味精、胡椒粉、湿淀粉、鲜汤、植物油各适量。

【制作】将鸽子宰杀去毛、去脚爪,整鸽出骨,洗净沥干,放入盘内,加适量水、黄酒、葱、生姜、精盐、味精、白胡椒粉,腌约 30 分钟。将火腿、虾仁、五花肉分别剁成茸,装入碗内,放入干贝、冬笋、香菇、青豌豆、胡萝卜、黄酒、精盐、味精、胡椒粉,拌匀成馅,装到鸽肚里,在鸽子颈部打个结(以免馅溢出)。炒锅上旺火,放入清水烧开,将鸽子放在漏勺里,再放到沸水中烫去血沫,捞起沥水。将乳鸽放入钵中,加鲜汤、黄酒、葱、生姜上笼,用中火蒸约1小时,待其肉烂时取出装盘。炒锅上中火,滗入鸽汤,放入精盐、味精、胡椒粉烧开,用湿淀粉勾芡,浇在鸽子上即成。

【功用】补肾壮阳,养益精血。

【提示】①此菜特点为鲜香酥烂,美味可口。②鸽子出骨后要保持外形完整。

淡菜酥腰 ꒰ꜱꜰꜱ꒱

【原料】淡菜75克,猪腰2只,熟火腿25克,小葱段10克,生姜片10克,精盐4克,冰糖2克,黄酒5克,熟鸡油10克,

【制作】将猪腰子撕去皮膜,在腰部位划一条3厘米长的刀口,去除腰臊,洗净血水,下鸡汤锅中煨至酥烂时取出放在碗内,浇上煮腰子的汤浸泡,保持软性。将淡菜洗净放在大汤碗内加满水,上笼蒸热取出,捞出淡菜(汤汁去沉渣留用),拣去杂物洗净,放在汤碗中的一边。将猪腰子切成0.2厘米厚的片,放在淡菜的另一边。火腿切成片放在中间,加入精盐、味精、冰糖、葱段、生姜片、黄酒和蒸淡菜的原汤汁,上笼蒸15分钟左右取出,拣去葱段、生姜,淋入熟鸡油即成。

【功用】补肾填精,壮骨强筋。

【提示】①此菜特点为汤清味浓,质地酥烂。②猪腰子要去

腰臊,淡菜要上笼蒸透。

雪里蕻鲫鱼

【原料】腌雪里蕻 100 克,大鲫鱼 1 尾(重约 750 克),精盐 4 克,味精 3 克,黄酒 4 克,麻油 5 克,鲜汤 700 克,葱段、生姜片各适量。

【制作】将鲫鱼刮鳞去鳃及内脏后洗净,剞上柳叶刀,焯水去腥味。雪里蕻切成细末,用温水洗数遍待用。炒锅上火,注入鲜汤,放入鲫鱼、雪里蕻、葱段、生姜片、精盐、黄酒,旺火烧沸撇去浮沫,移至小火上炖约 15 分钟,加入味精,去葱段、生姜片,倒入汤碗中即成。

【功用】健脾益胃,补虚益精。

【提示】①此菜特点为鱼嫩菜爽,汤鲜味美。②雪里蕻辛辣易动火,平素阴虚内热者不宜多食。疮疡、眼疾、哮喘、痔疮、便血者亦不宜食用。

冬笋烧肉

【原料】冬笋 200 克,猪肉 250 克,鲜汤 20 克,黄酒、白糖、酱油、味精、植物油各适量。

【制作】将猪肉洗净切成小块,冬笋剥去外壳,洗净切成块,下沸水锅中烫一下捞起,沥去血水。炒锅上火,放油烧热,下肉块用旺火煸炒,再放入酱油、黄酒、白糖、鲜汤等,炒匀,移至小火上,盖上锅盖焖煮。另起热锅,将切好的冬笋块下锅,用旺火炸一下,即可捞起放入肉锅内,与肉块搅匀,再继续焖至酥软,加入味精调味即成。

【功用】益气补血,清肺化痰。

【提示】①此菜特点为油而不腻,清淡可口。②冬笋要选用其嫩笋部分。

清炖羊肉 ⌘

【原料】羊肋条肉500克,葱段3克,生姜块3克,黄酒10克,鲜汤800克,精盐3克,味精2克,青蒜丝3克,植物油25克,麻油各适量。

【制作】将羊肋条肉洗净,切成4厘米大小的方块。炒锅上火,加油烧至五成热时,加葱段、生姜块,煸出香味后,即将羊肉块放入煸炒,煸至羊肉外皮绷紧变色,结成薄皮后,然后加黄酒、鲜汤,用小火烧2小时,待羊肉酥烂,汤汁剩至一半时,拣去生姜块,再加精盐、味精、青蒜丝,淋上麻油即成。

【功用】温阳御寒,健脾开胃。

【提示】①此菜特点为鲜嫩爽口,肉香味美。②羊肉属热性食品,吃多了容易上火。炎症患者不宜食用羊肉。阴虚内热火旺的人不宜食用。体态肥胖、痰多湿重、消化不良者均应少食为佳。

八宝鸭 ⌘

【原料】光母鸭1只,熟火腿25克,熟鸡肉25克,冬笋25克,

香菇 25 克,芡实 25 克,海米 25 克,鸭肫 1 只,瘦猪肉 50 克,黄酒 25 克,酱油 100 克,精盐 5 克,白糖 15 克,生姜 1 块,葱 1 根,植物油 750 克(实耗约 100 克)。

【制作】将生姜刮皮,葱去头及黄叶,洗净。芡实洗净,放碗内,加水,上笼蒸熟。将光鸭颈下右侧用刀直划 6 厘米长的口子,在宰口处拉出颈骨,斩断(皮不能断破)。从刀口处将皮肉翻开,连皮带肉往下翻剥去骨,保持皮肉不破,鸭形完整;洗净、沥干水分,待用。将各种配料切成小丁,生姜拍松,葱打成结。汤锅上火,放入清水 1 500 克烧沸,将八宝配料放入略烫,待呈现白色时用漏勺捞出,放盘内冷却,灌入鸭肚内,用细麻绳将宰口处扎紧,用酱油少许在鸭皮上抹匀。炒锅上火,放油烧至八成热,将鸭脯向下放入锅内,不断翻身,炸至色呈金黄,捞出沥油。取大沙锅 1 只,用竹箅垫底,将鸭脯朝下放入,加清水约 2 000 克,再将生姜、葱、精盐、白糖、酱油、黄酒放入,加盖置旺火上烧沸,移小火上炖约 4 小时,至鸭肉酥烂离火,取出竹箅、葱姜,拆除麻绳,鸭脯向上上桌。

【功用】滋阴补气,健脾开胃。

【提示】①此菜特点为色泽金红,鸭肉酥烂,八宝鲜香,汤汁醇浓。②鸭子去骨时要保持外形完整。

原盅甲鱼

【原料】甲鱼 1 只(重约 750 克),熟火腿 75 克,冬笋 100 克,黄酒 50 克,精盐 3 克,味精 2 克,生姜 1 块,葱 2 根。

【制作】将生姜刮皮,葱去根和黄叶洗净,冬笋洗净。生姜用刀拍松,葱打成结。将甲鱼放地面上,左脚踩住甲鱼脊,待头伸出,右手用刀斩断颈骨(头不能斩断),沥尽血,用刀将肚腹剖开(划十字刀)取出内脏,洗净。将甲鱼放沸水锅内烫 1 分钟,捞出,放冷清水内,用刀将甲鱼脊背和裙边的黑釉皮及腹部的釉皮刮去,放清水内漂洗干净,再放沸水锅内烫约 5 分钟,捞出洗净,剥去背甲,斩掉头和脚爪骨,洗净待用。将甲鱼放砧板上,用刀斩成 4 块。将冬笋、火腿分别切成厚片,放在甲鱼上面。取炖盅 1 只,将甲鱼、冬笋、火腿放入炖盅内,加开水、黄酒、精盐、味精、生姜块、葱结,加盖上笼用旺火蒸烂,取出,用筷子拣去姜、葱即成。

【功用】 滋补肝肾,强壮精神,消除疲劳。

【提示】 ①此菜特点为裙边透明,酥烂脱骨,汤清味鲜。②鳖死后细菌会使蛋白质迅速分解,其中的一些细菌会将组氨酸转化成为组胺,人吃后几分钟到几十分钟内发病,因此,死鳖当弃之勿惜。③甲鱼为性寒滋腻之品,一次进食过多,会使人败胃伤食,导致消化不良。对食欲不振、消化功能差,以及脾虚泄泻等患者来说,不宜食用或慎食。

香菇焖牛肉

【原料】 牛肉 500 克,香菇 50 克,植物油 500 克,葱段、生姜片、大茴香、黄酒、酱油、味精、白糖、鲜汤、淀粉、花椒油各适量。

【制作】 将香菇水发洗净,一剖为二。牛肉洗净切块。锅上小火,下牛肉块和适量的葱、生姜、大茴香,清水一次加足,炖到肉能用筷子戳透,捞出晾凉,切成核桃方块待用。炒锅上火,加油烧至六成热,下牛肉块略炸,倒入漏勺中。炒锅上中火,锅内留底油,将大茴香炒至金黄色,再放葱段、生姜片、黄酒、酱油、味精、白糖、

鲜汤拌匀,放入牛肉块,移大火上煮 5 分钟,下香菇再煮 2~3 分钟,待汤汁煮浓,用淀粉勾厚芡,淋上花椒油出锅。

【功用】健脑益智,消除疲劳。

【提示】①此菜特点为牛肉酥烂,菇香味美。②不新鲜或变质及存放时间过久的牛肉,致癌物质丙醛的含量增多。因此吃牛肉以新鲜为好。③牛肉是一种发物,凡患有疮毒、湿疹、瘙痒症等皮肤病症者忌食。而肝炎、肾炎患者亦应慎食,以免病情复发或加重。

黄焖凤翼

【原料】嫩鸡翅 300 克,水发香菇 50 克,葱结 50 克,生姜 10 克,白糖 10 克,酱油 25 克,黄酒 10 克,鸡汤 500 克,植物油 500 克。

【制作】将鸡翅从关节处斩断,剁去翅尖,洗净后沥水。炒锅上旺火,放油烧至六成热,放入鸡翅炸至呈金黄色时捞出。原锅上火,放入鸡翅、白糖、酱油、葱结、生姜片煸炒,至鸡翅上色后倒入沙锅中,放入鸡汤,烧开后改用小火焖,然后再加入香菇,盖上盖,焖 15 分钟左右即成。

【功用】温中益气,养精补髓。

【提示】①此菜特点为色呈棕黄,酥烂脱骨,汤醇味香。②鸡翅一定要焖至酥烂。